だいわ文庫

言葉の園のお菓子番
見えない花

ほしおさなえ

大和書房

言葉の園のお菓子番　目次

言葉の園のお菓子番

見えない花

春の香りの

1

三月のはじめ、実家に戻った。

勤めていた書店が突然閉店することになったのだ。京王線聖蹟桜ヶ丘《せいせきさくらがおか》駅の近くにある「ブックス大城」というわりと大きな店で、大学を卒業してから四年ほど働いた。

経営状態が思わしくないことは知っていた。チェーン店ではあるが最近はチェーン全体の業績が悪化しているので、他店に移ることもできそうにない。だから従業員の多くはほかの書店に再就職する道を選んだ。

わたしも最初はほかの書店に移ろうと思った。だが考えているうちに、ほんとうにそれでいいのかわからなくなった。書店員という仕事も好きだが、なによりブックス大城が好きだった。ほかの書店でも同じように働けるだろうか。

この店がなくなってしまうなら別の仕事を探したっていいんじゃないか。わたしももう二十六歳。あたらしいことをはじめるならできるだけ若いうちの方がいい。

とにかく一度じっくりこれからのことを考えたかった。

とりあえず実家に戻るか。ぼんやりそう思った。

わたしの実家は文京区の根津《ねづ》にある。勤務先までおよそ一時間半。最初の一ヶ月は実家から通っていたが、通勤ラッシュと乗り換えが辛くて、店の近くに越した。もうすぐ二回目の契約更新だし、その前に実家に戻ろう。

親に相談すると、閉店したなら仕方ない、と、とくに反対もされなかった。


実家の自分の部屋がそのまま残っていたから、ひとり暮らしのときに使っていた家具や家電はリサイクルショップに出したりしてほとんど処分した。問題は本と本棚である。

四年のあいだに本が増殖し、それにともなって本棚も増殖していた。実家の部屋の壁はすでに本棚で埋めつくされていて、あらたに棚を入れることはできない。図書館や書店のように部屋の中央に本棚を置くことも考えたが、地震のときに危ない、と親に反対された。

いろいろ話し合って、本棚は祖母が使っていた部屋に置くことになった。

以前、わが家には父方の祖母が同居していた。十年前に祖父が亡くなり、祖母はその後数年間はもとの家で暮らしていた。だが老人のひとり暮らしはなにかと心配だし、兄が家を出て部屋がひとつ空いたので、八年前にうちに越して来た。

わたしが大学生のときだ。就職してすぐにうちを出てしまったので、祖母といっしょに暮らしたのは四年間だけ。でも、もとの祖父母の家も近く、両親が共働きだったから小さいころはよく預けられていて、祖母のことは大好きだった。

昨年祖母が亡くなり、その部屋は空いていた。家具はそんなにないし、たしかに本棚は全部はいりそうだ。引っ越し前に何度か実家に行き、祖母の部屋の家具を整理し、本棚を置く場所を空けた。

引っ越しの日は寒かった。急に冬に戻ってしまったみたいに。四年近く住んだ部屋だからそれなりに思い入れもあった。最後に鍵をかけたとき、もうこれでこの鍵を閉めるのも最後なのか、と思うと、少しさびしかった。

荷物が少なかったから、本以外の荷物はすべて引っ越し当日に片づき、夜は父と母といっしょに夕食をとった。苦言を呈されることはなく、むしろ父も母も全力でなぐさめてくれたのだが、次を早く探せ、とは言われた。

漠然と別の仕事を考えているなどと言える雰囲気ではない。それにほかの仕事といったって、自分はいったいなにをしたいのだろう。夜、自分の部屋で横になってからもなかなか眠れなかった。

2

次の日、朝食をとると父も母も仕事に出かけてしまい、わたしは家にひとりになった。

晴れている。昨日の寒さが嘘のようにあたたかく、外から鳥の声も聞こえてきた。ここに住んでいたころの記憶がよみがえってきて、ああ、この時期はいつもそうだったなあ、と思った。

居間のソファに座って、しばらくぼんやり窓の外をながめていたけれど、早く祖母の部屋の段ボール箱を片づけないと、と思って立ちあがった。いつまでもあのままにしていたら母に叱られる。

部屋に行き、箱を開ける。これ、なにを入れたんだっけ。単行本と文庫本が混ざりあっている。荷造りのとき、最初は分類して入れようと思っていたけれど、結局最後の方は時間に追われ、ごちゃごちゃになってしまった。

とりあえず最初はなにも考えず、棚に入れよう。順番はあとで変えればいい。そう決めて作業をはじめた。箱を開け、本を棚に置く。

慣れた作業だった。書店員だったころは毎日毎日していたこと。わたし、やっぱりあの仕事が好きだったんだなあ。店のなかを思い出し、少し悲しくなった。

結局、もう一度書店に就職するのがいいのかもしれない。最近書店はどんどん減っていてどこも厳しい状況だけど、本にかかわる業界はほかの仕事だってきっと同じだろう。ため息をつき、手を止めた。

いつのまにか昼近くになっている。段ボール箱は半分以上空いた。ちょっと休もう。キッチンに行き、お茶を淹《い》れる。カップを持って祖母の部屋に戻った。真ん中のテーブルの前に座り、ひとくちお茶を飲む。

こんなとき、おばあちゃんがいてくれたらなあ。

おばあちゃんはやさしかった。のんびりしているというか、余裕があった。いつもうん、うん、とうなずきながらわたしの話を聞いて、急がなくていいよ、そういうときはちゃんと休んで、じっくり考えた方がいいよ、などと言ってくれた。

おばあちゃん。勤めていた書店。生きていると、なくなってしまうものってあるんだな。前はここでお茶を飲むときは、いつも祖母が向かいにいた。その場所がぽっかりした空白に思えた。

父も母もほとんど本を読まないが、祖母は本を読む人だった。もとの家からここに越してきたとき、もうこんなに持っていても仕方ないから、と言って、人に分けたり、古書店に引き取ってもらったりしたみたいだが、それでも棚ひとつ分の本が残っていた。

部屋の隅にあるその本棚に近づいてみる。小説に混ざって俳句の本もある。そういえば祖母はよく俳句を作っていた。

いや、俳句じゃない。えーと、そう、連句《れんく》だ。連句は俳句と似ているけどちがう、と祖母から何度か教えてもらったことがあった。

俳句はひとりで作るもの。でも連句は、複数の人が集まって作る。だれかの作った五七五に別のだれかが七七を付ける。それにまた別のだれかが五七五を付けて、というふうにつなげていく遊びなのだと言っていた。

祖母はむかしから毎月連句の集まりに通っていた。ここに越してきてからも、第四土曜になると、連句の集まりに出かけていった。

——いつか一葉《かずは》もいっしょに行かない？

そう誘われたこともあった。祖母から連句の作品を見せてもらったこともあったが、よくわからなかった。

大学は国文学科だったから、俳句の授業も受けたし、むかしの俳人の句を読んだこともある。自分で作ったことはないけれど、ふつうの人よりはわかると思っていた。だが連句はさっぱりだった。

それでも、連句の話をするときの祖母の楽しそうな顔を見ていると、どんなものなのかのぞいてみたい気がした。とはいえ販売職だから土日はあまり休むことができず、結局一度も行かなかった。

俳句の本のとなりには祖母のノートもささっていた。同じ形のノートが何冊も。連句の記録だ。前に見せてもらったことがあるから知っていた。

——あのね、一葉。もしわたしがここから戻れなかったら、本棚にあるノートを見てほしいの。

お見舞いのときに祖母がそう言っていたのを思い出した。少し具合が良くなったときだったから、そんなことにはならない、きっと良くなるよ、と笑って励ました。でもそのあと急に容態が変わって、数日後に亡くなったのだ。

祖母の容態が悪化した、と連絡がきて、駆けつけてすぐに祖母は亡くなった。もう意識はなくて、なにも話せなかった。仕事が忙しくてお葬式のあとしばらく家に戻れなかったこともあって、祖母のその言葉のことはすっかり忘れてしまっていた。

ごめん、おばあちゃん。

心のなかで謝り、いちばん手前のノートを手にとった。

なつかしい祖母の字だ。角ばっていて、達筆というわけではないが、なんだか味わいがある。祖母はもういないのに、祖母の気配が漂ってくる。

連句は、長句《ちょうく》と呼ばれる五七五の句と、短句《たんく》と呼ばれる七七の句をつなげていくのだと言っていたな。五七五、七七だけなら短歌と同じだが、七七のあとにまた五七五が付く。

ノートのページには句がならんでいて、行頭から書かれているのが五七五の句、頭一字落とされているのが七七の句のようだ。そして、句の下には名前が書かれている。祖母の名前もあった。集まった人が次々に句を付けていくものらしいから、これがその会のメンバーの名前なのだろう。

おばあちゃん、わたしに自分の句を見てもらいたかったのかな。何度も誘われたし、わたしにもいっしょに連句をしてほしかったのかもしれない。うまくできるとは思えないけど、一度くらいいっしょに行けばよかったなあ。

ぱらぱらとめくっていく。うしろの方は白紙だから、これが最後の一冊ということみたいだ。最後の日付を見ると、祖母が入院する少し前。このころまでは元気だったんだなあ、と思う。このあと風邪から体調を崩して入院したのだ。

何度かお見舞いに行った。そのときも、もう一度連句に行きたい、って言ってたっけ。ページをめくると薄い紙がはさまっていた。

一月　銀座空也のもなか
二月　麻布豆源の豆菓子

三月　長命寺桜もち
四月　向じま志満ん草餅
五月　言問団子
……

十二ヶ月分、お菓子の名前がならんでいる。

――連句は休めないんだよ。わたしは「ひとつばたご」のお菓子番だから。

いつだったか祖母がそう言っていたのを思い出した。「ひとつばたご」とは、祖母が通っていた連句会の名前である。

お菓子番。連句の席は長く、お昼からはじまって、夜までかかる。だから途中でおやつも出るし、終わったらみんなで食事にも行く。最後までできなくて、食事しながら終わりの方の句を作ることもある、と言っていた。

ならんだお菓子の名前を見ていると、祖母が連句会を楽しみにしていたことが伝わってきて、思わず笑みがこぼれた。

あれ？　紙に文字が透けている。裏にもなにか書いてあるのかな？　ひらっとめくる。

「あ……」

驚いて、声が出た。


一葉へ。

ずいぶん具合が悪くなってしまって、やっぱり歳だね。おばあちゃんはもうここに戻れないかもしれません。

いつか「ひとつばたご」に行って、わたしのことを伝えてくれるとうれしいです。そのときはこのお菓子を持っていってください。お菓子番がいなくなって、みんな困っているかもしれない。

ずっと楽しかった、ありがとう。皆さんにそう伝えてください。　治子

治子《はるこ》とは祖母の名前である。わたし宛ての手紙……。文面から察するに、入院する前に書いたものだろう。手紙がはさんである、って、なんであのときはっきり言ってくれなかったんだろう。

ちょうど少し具合が良くなっていた時期だから、祖母も治って家に帰れると思ったのかもしれない。大げさな手紙を書いて恥ずかしいと思ったとか。それとも、わたしが自然に気づくときを待とうと思ったのか。

祖母のお葬式は家族葬で、ほかの人にはとくに連絡しなかった。連句会の人から

もあとで連絡が来て、亡くなったことを伝えた、と母が言っていた。香典などは受け取らない方針だったので断り、それきりになった、と。

でも、祖母にとっては大事な人たちだったはずだ。いつもあんなに楽しそうにしていたんだもの。

ノートの前のページに戻り、祖母の手書きの文字を読む。
五七五、七七、五七五、七七……。
祖母の話通り、和歌の上《かみ》の句と下《しも》の句のようなものがいくつも連なっている。つながり方はよくわからない。名前の順番にも規則はなかった。

みんなで句を出して「捌《さば》き」と呼ばれる先生に選んでもらうんだよ。祖母がそう言っていたのを思い出した。

最後の七七の句は祖母の句だった。

春の香りの菓子を携え　　治子

その句を見たとき、行かなきゃ、と思った。

——ずっと楽しかった、ありがとう。皆さんにそう伝えてください。

おばあちゃんがそう書いているんだから、行ってひとことでも会の皆さんにあいさつしなくちゃ。

でも、どうやって……。ノートをぱらぱらめくっても、連絡先らしいものはどこにも書かれていない。父か母に訊《き》けばわかるだろうか？

ノートのとなりにひとつばたごの作品集が立っていることに気づいた。非売品だが、最後のページにちゃんと奥付《おくづけ》があり、数年前に発行されたものだとわかった。連絡先のメールアドレスも記されている。

ここに連絡すればいいのかな。

スマホを持ってきて、奥付のアドレスにメールを書いた。自分が豊田《とよだ》治子の孫であること。祖母から連句の話をよく聞いていたこと。祖母のノートからお菓子を持ってあいさつに行くように、というメモ書きを見つけたこと。

突然メールを送ったりして、失礼だと思われるだろうか。それに、このアドレスがまだ使われているものなのかもわからない。でも、とにかくいまはここに送るしかない。文面を何度かチェックして、送信した。

昼食をとり、本の整理に戻った。ほどなく段ボール箱はすべて空いた。本の順番はばらばらだが、ともかく母が帰ってくる前に本は全部棚におさまったのだ。

やがて母が帰ってきた。父は仕事で遅いらしく、母とふたりで夕食をとった。

食後、スマホを見ると見慣れないアドレスからメールが届いていた。ひとつばたごの人に出したメールの返信だ。送り主は手嶋蒼子《てじまそうこ》という人だった。

メールへのお礼のあと、治子さんがなつかしい、一葉さんのことは治子さんからよく聞いていてた、よければ一度連句会にお越しください、と書かれている。連句会はいまも第四土曜に行っているようで、時間と場所も記されていた。

知らない人だったし、名前を見たところ女性のようだが、年齢も職業もよくわからない。メールには慣れているみたいだし、文章の感じからすると、わたしよりはずっと年上だが、祖母のような歳ではない気がした。

そういえば、おばあちゃん、ひとつばたごのメンバーはみんなわたしよりずっと若いの、って言ってたっけ。

失職中で、時間だけはある。行ってみようと心を決め、メールを返した。

お菓子は……。なにを持っていけばいいんだろう。祖母のメモを見直すと、三月は「長命寺桜《ちょうみょうじ》もち」とある。これを持っていけばいいのか。どこで買えるんだろう。長命寺、っていうお寺の近くの店で扱っているものなんだろうか。

ネットで調べると「長命寺桜もち」という店が出てきた。これが店の名前なのか。向島《むこうじま》にあるらしい。サイトを見ると、保存料を使用していないので、本日中に食べてください、と書いてある。

つまり、午前中にこの店に寄って桜もちを買ってから、連句会に行くということだ。連句会は都営浅草線の西馬込《にしまごめ》で十一時から。間に合うかな、と思ったが、桜もちの店は八時半から開いているらしい。

スマホのアプリで調べてみると、根津にある家から桜もちの店までは、バスと徒歩で三十分くらい。桜もちの店から押上《おしあげ》駅に行けば、都営浅草線に乗れる。西馬込駅までは三十五分くらい。徒歩を入れても、桜もちの店を十時に出ればよいから、なんとかなりそうだ。

とはいえ、なかなかの大移動だ。ほかの店で前日に買ってくるんじゃダメだろうか、とも思ったが、店のサイトで桜もちの写真を見ると、むかしながらの製法で作られたものらしく、いかにもおいしそうだ。

これを持って連句会に行く祖母のうれしそうな顔が目に浮かび、ちゃんと指定通りこの桜もちを買っていかないと、と思い直した。

手嶋さんに持ち物を聞いたところ、筆記用具とお弁当、それに歳時記《さいじき》があるなら持ってきた方がいい、と返信が来た。「歳時記」とか「季寄《きよ》せ」と呼ばれるもので、季語《きご》や例句が載っているものらしい。

祖母の本棚を見ると、連句のノートの近くに「季寄せ」というものが立っていた。文庫サイズで箱入りで二冊組。そういえば、祖母はよくこれをながめていたっけ、と思い出した。

めくってみるとたしかに季語とその解説、例句が載っている。季節ごとに分かれていて、緑の表紙の本が春と夏、えんじの表紙が秋と冬だった。本いっぱいにならんだ言葉を見て、これが全部季語なのか、と少し驚いてしまった。

3

土曜日は朝早く起き、簡単な弁当を作って家を出た。根津駅前から亀戸《かめいど》駅前行のバスに乗る。二十分ほどバスに揺られ、言問橋《ことといばし》の近くの停留所で降りた。隅田川沿いの場所で、川の土手に出てみると広々して気持ちがいい。

近くに墨堤植桜之碑《ぼくていしょくおうのひ》というものもあり、説明板にこのあたりは江戸時代、花見の名所だった、と書かれていた。

言問団子という団子屋が見え、例のお菓子のリストに「言問団子」という文字もあったなあ、と思い出す。リストにあった「志満《じま》ん草餅」の向島もここから近いはずだ。そういえば祖母の実家はいまで言うスカイツリーの近くだった。祖母にとっては地元のお菓子だったのかもしれない。

長命寺桜もちのお店は正確には「長命寺桜もち山本《やまもと》や」という名で、創業三〇〇年。お店の前に「正岡子規《まさおかしき》仮寓《かぐう》の地」という看板が立っている。

大学予備門の学生だった子規は、長命寺桜もち山本やの二階を三ヶ月ほど借り、自ら月香楼と名づけて滞在していたらしい。そこで、「花の香を　若葉にこめてかぐはしき　桜の餅　家つとにせよ」という歌を詠んだ、と書かれていた。

店にはいると、客がひと組、席で桜もちを食べている。木の箱にはいっていて、かなりおいしそうだ。

連句の席がどういうものかわからない。知らない人ばかりだし、少し不安だ。でも、これからあの桜もちを食べられると思うと、それだけでわくわくしてくる。

連句のメンバーは七人から十人くらい、ということだったから、箱詰めの十二個入りを買った。

店を出て、押上の駅に向かい、都営浅草線に乗る。連句会の会場はそのときどきで変わるけれど、主宰が住んでいる大田区の公共施設を使うことが多いらしい。今日は西馬込駅の近くの池上梅園のなかの和室。

もう季節が終わってしまいましたが、梅がきれいな庭園なんですよ。手嶋さんのメールにはそう書かれていた。

西馬込。行ったことのない場所だ。どんなところなんだろう。それに、どんな人がいるんだろう。みんなわたしよりずっと年上だろうし、うまく話せるだろうか。

勢いで来てしまったけれど、大丈夫だろうか。

だんだん不安になってくる。でも、もう桜もちも買っちゃったし、行くしかないもんね。電車に揺られながら、桜もちの包みをそっと撫でた。


西馬込は浅草線の終点だ。駅の外に出て、スマホの地図アプリをたよりに池上梅園に向かう。国道沿いをまっすぐ歩いて行けばいいらしい。けっこう遠い。それにこんな国道沿いにほんとに梅園があるのだろうか。

まちがえたのではないかと何度か地図アプリを見たが、これでいいらしい。電車の高架のようなものをすぎると、目の前に梅園の入口が見えてきた。斜面一面に木が生えていて、もう花は終わっているが、あれが全部梅の木なのだろう。

入口で入場料を払い、和室の場所を聞く。もう十一時五分前。急いで庭園の奥にある和室に向かった。和室は池のほとりに建っていた。何部屋かあるようで、メールに書かれていた部屋を探す。

襖《ふすま》をそうっと開けると、もう何人か人が来ていた。

「ああ、もしかして、一葉さん？」

四十代くらいの女性が顔をあげてそう言った。

「あ、はい。そうです」

少し戸惑いながら答える。

「手嶋です。よくお越しくださいました。みんな楽しみにしていたんですよ」

手嶋さんがにっこり笑った。きりっとした顔立ちで、シンプルだが質の良さそうなカーディガンを羽織っている。

予想通り……いや、別になにかたしかなイメージがあったわけではないのだが、落ち着いた低い声はメールの文章の印象通りで、それだけでなぜかほっとしてしまった。

「ああ、治子さんのお孫さん？」

部屋の奥にいた男の人がよく通る声で言った。白髪混じりの少し長めの髪がぼわっとふくらんで、前に映画で見た金田《きんだ》一耕助《いちこうすけ》みたいだ。

「こちらがこのひとつばたごの主宰《しゅさい》の航人《こうじん》さん」

手嶋さんがわたしに言った。

ああ、この人が……。航人さんという名前は祖母からもよく聞いていた。

「いや、その主宰っていうのはやめましょうよ。俳句の結社じゃないんだから」

航人さんが言った。

「じゃあ、なんですか？　宗匠《そうしょう》ですか？」

手嶋さんが少し笑いながら訊く。

「そんな大層なものじゃないでしょう。航人さんでいいですよ、単なる航人」

「まあ、いいじゃない。冬星《とうせい》さんもそうおっしゃってましたよ。自分はただの冬星でいいって。そうですよね、航人さん」

うしろにいた年配の女性が歌うような声で言ってにっこり笑う。ふんわりした白髪がきれいに整えられ、あざやかな色のセーターがよく似合っていた。

「ああ、冬星さんっていうのは、以前わたしたちが所属していた『堅香子《かたかご》』という連句会の宗匠なんです。もうだいぶ前に亡くなったんですが……。そして、こちらは桂子《けいこ》さん」

手嶋さんが年配の女性を指して言う。

「こんにちは、桂子です。治子さんにはいつもお世話になってました。来てくださって、うれしいわあ」

桂子さんがにっこり笑った。

「よろしくね、一葉さん。ここではみんな名前で呼び合うことになってるの。連句の席は日ごろの職業も立場も年齢も忘れて遊ぶ場だからなんですって。本名でもいいし、連句の場での名前を別に考えてもいい。治子さんは治子さんだった。わたしは蒼子」

手嶋さんが言った。

「一葉さんもあとで必要になるから考えておいた方がいいわよ」

桂子さんが微笑む。

名前……。そういえば祖母もそんなことを言ってたな。でも、自分よりずっと年上の初対面の人たちを名前で呼ぶというのはなかなかハードルが高い。

「お茶、淹れてきましたあ」

入口の方からかわいらしい女性の声がしてふりむくと、ポットを持った男性と、湯呑みを載せたお盆を持った女性が立っている。ふたりとも三十代半ばくらいに見える。

「あ、この方が治子さんのお孫さんですか」

男の人の方が言う。

「そうそう」

手嶋さん、いや、蒼子さんが答えた。

「はじめまして。僕は陽一《よういち》って言います。ここではわりと新参者で、なにもわかってないんですが、よろしくお願いします」

陽一さんと名乗る男性は、気さくに笑ってそう言った。四角い顔に太い眉、ぱっちりした目。よく響く声。小柄だが生命力にあふれた感じの人だ。

「わたしは鈴代《すずよ》です。同じく新参者で、あまりよくわかっていないんですけど、混ぜてもらってます」

さっきと同じかわいらしい声。あかるい色のロングヘアにぱっちりした目。背はすらりとして、レースや刺繍のついたクラシックな雰囲気のワンピースを着ている。

「一葉です。よろしくお願いします」

緊張しながら頭をさげた。

「じゃあね、はじめましょうか」

航人さんが言った。今日はあとふたり来ることになっているが、少し遅れる、と連絡があったらしい。

「そうよ、早くはじめないとお腹空いちゃう」

桂子さんがふぉっふぉっふぉっと笑う。その言葉で、持ってきた桜もちのことを思い出し、蒼子さんに差し出した。

「あのこれ……」

包みを見ると、蒼子さんの目がはっと見開いた。

「もしかして、桜もち？」

「あ……はい、そうです」

戸惑いながらうなずいた。

「うわあ、長命寺桜もち？　治子さんがいつも持ってきてくれてた……」

桂子さんが包みをのぞきこんでくる。

「これはあとでね。でも、ちょっとだけのぞいてみましょうか」

蒼子さんが言うと、桂子さんや鈴代さんもうなずいた。

包みをほどき、箱の蓋を開ける。桜の葉に包まれた桜もちが行儀よくならんでいた。

「おいしそうですねえ」

鈴代さんが声をあげる。

「まあまあ。ともかく、座りましょう。連句、はじめますよ。お弁当とお菓子はあとで」

航人さんの声がして、みな席についた。

4

「じゃあ、はじめましょうか。今日は一葉さんがいらっしゃるので、少しずつ解説を加えながら進めていきますね」

みんなうなずいて、カバンから歳時記と筆記用具を取り出す。わたしもそれにならった。見ると、机のそれぞれの席の前に、白く細長い紙が積まれていた。

「まず、連句では集った人たちを『連衆《れんじゅう》』、その場を『座《ざ》』と呼びます。そして、連句を作っていくことを『巻《ま》く』と言います」

巻く……。そういえば祖母もよくそう言っていた、と思い出した。

「連句を巻く際、進行役となるのが『捌き』。句は毎回みんなで出し合って、捌きがここに合う句を選んでいく。この会ではたいてい僕が捌きをつとめています。ここでいつも巻いているのは『歌仙《かせん》』という形式です。五七五の長句、七七の短句が三十六句つながる」

「三十六？」

「むかしの歌の名手で『三十六歌仙』と呼ばれた人たちがいるでしょう？」

「ええと、平安時代の……」

高校の古典の授業で習ったのをおぼろげに思い出す。

「そうそう。その言葉とかけて、三十六句ならぶから『歌仙』。ほかにもいろいろな形式がありますが、これがもっとも基本的な形です。芭蕉《ばしょう》さんたちが作っていたのもこの形式だったんですよ」

芭蕉さん……。松尾《まつお》芭蕉のことか。

——芭蕉さんといえば俳句だと思われているけど、俳句というのは明治になって作られた言葉で、もともと芭蕉さんたちが作っていたのは俳諧連歌《はいかいれんが》って言われてたものなんだよ。連句はそれをもとにしているの。

祖母がそう言っていたのを思い出した。

「まあ、いろいろあるけど、とりあえず歴史的な話はここでおしまい。ここは連句を勉強する場じゃなくて、連句を巻く場ですからね」

航人さんが笑った。

「まずは発句《ほっく》です。連句のはじめの句は『発句』と言います。一葉さん、机の上に白い紙がありますね。それは短冊《たんざく》と言います。みんなそれぞれその紙に句を書きます。そのなかで、僕が良いな、と思ったものを選びます」

短冊と呼ばれた紙に手をのばし、一枚取る。

「一葉さんも一句書いてみてください。ちょっとだけルールがあります。芭蕉さんの時代、俳諧は客を招いて行いました。客は場に集った人たちに向けて、発句であいさつする。この席に来た印象でもよし、道中見たものでもよし。いまはどなたの句でもいいことにしていますが、あいさつの要素は入れたい」

航人さんの説明に、なるほど、と思う。

「発句は長句、つまり五七五です。そして、季語がはいっていなくちゃいけない。その季節の季語を入れます。いまは春ですから、春の季語」

「一葉さん、俳句を作ったことある？」

となりに座っている桂子さんが訊いてきた。

「学校で作ったくらいで……」

「じゃあ、どんな季語があるかよくわからないわよねえ。そういうときのために歳時記があるのよ」

桂子さんはそう言ってわたしの歳時記を指した。

「あ、なるほど」

まわりの人たちもみな短冊を一枚前に置き、歳時記をめくっている。

「そういうわけで、五七五の春の句です。それ以外は決まりはないですよ。一葉さんも作ってみてください」

航人さんに言われ、歳時記を開いた。春のページを探す。春、春光、麗《うら》らか……。「春光」という語のなかにも、「春の色」「春色」「春の光」「春の匂」「春景色」などの言葉が含まれていて、春を表す語がこんなにあるのか、と驚く。

日永《ひなが》、遅日《ちじつ》、春暁《しゅんぎょう》。目にしたことはあるが、使ったことのない言葉たち。手がかりになるどころか、季語を把握するだけで何ヶ月も何年もかかりそうだ。霞《かすみ》や朧《おぼろ》、陽炎《かげろう》も春の季語みたいだ。

まわりを見ると、桂子さんや蒼子さんはもうさらさらとペンを走らせ、句を書いている。鈴代さんや陽一さんは苦しんでいるみたいだ。短冊の上になにか書いてはは消し、書いては消し、とくりかえしている。

わたしもなにか書かないと。でもなにも思いつかない。うーん、と天井を見あげていると、蒼子さんが短冊を三枚、航人さんの前に出した。桂子さんも一枚。陽一さん、鈴代さんが考えているうちに、桂子さんはもう一枚書いて出す。ややあって、陽一さん、鈴代さんも首をかしげながらそれぞれの句を出した。

航人さんは自分の前にずらりとならんだ短冊をながめた。

「皆さん、なかなかいいですね。一葉さんはまだできませんか」

そう訊かれ、うなずいた。

「じゃあ、今回は様子見にしましょうか。出ている句、いいものがたくさんありますよ。とくに蒼子さんの『なつかしき春の香の菓子並びをり』。これ、桜もちのことですよね。治子さんが最後に参加したときの挙句《あげく》を思い出しました。『春の香りの菓子を携え』」

航人さんの言葉にはっとした。祖母のノートの最後に書かれていた句だ。

「そうなんです。桜もちを見たとき、あの句を思い出して……。治子さん、いつも三月には桜もちを持ってきてくださってたでしょう?」

蒼子さんはそこで言葉を止めた。

「いつもその季節にぴったりのお菓子を持ってきてくれてましたね」

陽一さんが言った。

「ご自分のこと、ひとつばたごのお菓子番、っておっしゃって……」

桂子さんがうなずいた。

「僕も、さっき一葉さんが持ってきてくれた桜もちを見て、なんだか治子さんに再会したみたいな気持ちになったんですよ。はるこっていう名前の響きもね。この句の『春の香り』っていう言葉には、お菓子の香りだけじゃなくて、治子さんの香り、っていう意味もこめられているんですね」

航人さんが言った。

春の香り。祖母の、いや、治子さんの香り。

「じゃあ、この句にしましょう。今日の会にふさわしい発句です」

航人さんが言うと、みな自分のノートに『春の香り』の句を書いた。決まった句をこうして記録していくらしい。祖母の部屋にあったノートはこれだったんだ、と思った。

「では、次は脇《わき》です。連句では、二句目を『脇』と呼びます。『客発句、脇亭主《ていしゅ》』と言って、むかしは客人の発句にその座の宗匠が脇を付けたんですね。だから脇は捌きが付けることが多いんですが、ひとつばたごではあまりそこにはこだわりません。みんなで考えて、よいものを付けましょう。一葉さんも、今度は考えてみてください」

航人さんが言った。

「『付ける』ってどういうことなんですか？」

祖母からも話を聞いたことがあるが、よくわからなかったので思い切って訊いてみた。

「ああ、そうですよね。『付ける』は連句の基本ですけど、ちょっとほかにはない考え方ですからね。連句では、だれかの句にほかのだれかが句を付けていきます。付け方はいろいろあるんですが……」

航人さんが説明をはじめる。

「たとえば、前の句の風景を思い描いて、同じ場所でほかにどんなことが起こっているか想像するんです。いまの前の句は『なつかしき春の香の菓子並びをり』ですから、その菓子がどんな場所にならんでいるか、とか、だれがならべているのか、とか。一種の連想ゲームだと思ってください」

「自由に連想していいんですか？」

「ええ。ただ、ちょっとだけ制約があります。連句には式目《しきもく》といって、いろいろややこしいルールがあるんですよ。ただ、これは捌きがわかっていればいいことなので、皆さんが覚える必要はない。その都度僕が説明しますから、その説明をもとに皆さん自由に考えてください。まず、次は七七の句です。五七五と七七を交互に出していくので、五七五のあとは必ず七七」

「はい」

「それから、発句と脇はふたつでひとつの世界を作るように、と言われています。だから季節は同じで、内容もあまり離れすぎていない方がいい。それと、体言止めが良いと言われています。名詞で終わる形です。そうすると、発句と脇で完結する感じが出ますから」

陽一さんや鈴代さんもうんうん、とうなずきながら聞いている。蒼子さん、桂子さん以外は完璧に頭にはいっているわけじゃないみたいだ。

「さあ、じゃあ皆さん、春の七七、作ってみてください」

航人さんに言われ、みな短冊を手元に取った。

ノートに写した「なつかしき春の香の菓子並びをり」をじっとながめる。ここから連想するってことか。

――この句の『春の香り』っていう言葉には、お菓子の香りだけじゃなくて、治子さんの香り、っていう意味もこめられているんですね。

さっきの航人さんの言葉を思い出す。

おばあちゃんは名前の響きもあるけれど、春の日差しみたいな人だった。いつものんびりゆったりして、口癖みたいに、大丈夫だよ、と言っていた。父も母も忙しくて、いつもわたしを「急いで」と急《せ》かした。でも、祖母は一度も「急いで」と言わなかった。

子どものころからの祖母にまつわる記憶がぽつんぽつんと浮かびあがってくる。

「治子さんのお菓子、いつもおいしかったですよねえ」

蒼子さんの声がした。

「治子さん、自分はお菓子選びくらいしか取り柄がない、なんてよく言ってましたけど、ああいうふっくらとした感じの句って、なかなか作れないのよねえ」

桂子さんが笑う。

「そうそう。治子さんの句自体が、和菓子みたいな雰囲気がありましたよね」

「いつだったか、花の句で、花見の場所に亡き人の席がある、というような句を出してらっしゃいましたね」

「ああ、『亡き人がとなりに座る花の席』ですか。いい句だったなあ」

航人さんが答える。

「あれはきっと旦那さんのことよね。少し前に一周忌だった、っておっしゃってたような」

桂子さんがつぶやく。祖父が亡くなったあとも、祖母はそこまで落ちこむことなく元気に過ごしているように見えた。父も母もひとり暮らしを心配していたけれど、わたしは大丈夫よ、といつもにこにこ笑っていた。

おじいちゃんが死んだあと、おばあちゃん、そんな句を作ってたんだ。

花見の席にいまはいない人の気配が漂っている。さびしくはないよ、いつもとなりにおじいちゃんがいるみたいな気がするから。祖母はよくそう言っていた。ここにいる人たちは、そのことをよく知っている。

祖母はここにいたんだ。わたしの祖母ではなく、治子さんとしてここにいる人たちと過ごした時間があったんだ。

もう一度、蒼子さんの句をじっと見た。なつかしき春の香の菓子並びをり。蒼子さん、前に祖母が作った『春の香りの菓子を携え』という句をイメージしたって言ってたっけ。

そういえば長命寺桜もちの店の前の看板に、正岡子規が「花の香を若葉にこめてかぐはしき桜の餅家つとにせよ」という歌を詠んだって書いてあった。祖母の句はそれを意識したものだったのかもしれない。

なつかしき春の香の菓子並びをり。この句になにを付けたらいいんだろう。同じ季節、って言ってたから、春の季語が必要だということだろう。

ぱらぱらと歳時記をめくる。よほど祖母に使いこまれたのだろう。表紙もだいぶ古くなっている。

ふと「のどか」という語が目に留まった。

のどか。これも季語なのか。

空が晴れて、のんびりとおだやかな長い春の日を言う。

のんびりおだやか。おばあちゃんのことみたいだ。

のどかに集う言の葉の園

どこからかするっと言葉が出てきて、短冊に書きつけた。できた。いちおう七七になってるし、体言止めだし、季語もはいっている。これでいいのかな？

「あ、一葉さん、できましたか？」

航人さんがにこっと笑った。

「はい、でも、これでいいのか……」

迷いながら、短冊を差し出した。受け取った航人さんが一読し、ふむ、とうなずく。

「とてもいいですよ。皆さん、まだ作っている方もいらっしゃると思いますが、いま一葉さんがとても良い句を出してくれました」

航人さんの言葉にみな顔をあげる。

「『のどかに集う言の葉の園』」

航人さんが句を読みあげると、みんな、おおーっとどよめいた。

「素敵じゃない？　『言の葉の園』ですって。やっぱり若い人はおしゃれよね」

桂子さんがふぉっふぉっふぉっと高らかに笑った。

「いいでしょう？　春の菓子とはじめての席のおだやかな雰囲気がよく付いている し、『言の葉の園』がとてもいい。たしかに連句の席は『言の葉の園』ですね」

「いいですねえ」

「とてもきれいです」

陽一さんと鈴代さんもうなずいた。歳時記を見ているうちに自然に出てきた言葉 だったので、褒められるのはむずがゆい。

「じゃあ、ここはこの句に決めましょう」

航人さんが言った。

「いいんですか？」

「ええ。とてもいい付け合いですよ」

よくわからないが、取ってもらえた。見まわすとほかの人たちもうなずいている。

ふわっと気持ちが浮きあがった。

「そうしたら、一葉さん、名前はどうしますか」

航人さんに言われてはっとした。

「さっき桂子さんたちも話してたけど、連句ではみんな名前で呼び合うんですよ。いまで言うハンドルネームみたいなものです。苗字はなくて、名前だけ。日ごろの身分は捨て、言葉の園で遊ぶんです。どうしますか。本名でもいいし、自分で好きなように」

名前。どうしよう。筆名みたいなものはぱっと思いつかないし、なんか照れ臭い。おばあちゃんは「治子」でやってたみたいだし。

「じゃあ、『一葉』でお願いします。漢字です。数字の『一』に葉っぱの『葉』」

「わかりました。じゃあ、皆さん、一葉さんでお願いします」

となりにいた桂子さんに、記録の取り方を教えてもらう。五七五は行の頭から。七七はひとマス落とす。そして、句の下に作者の名前を入れる。名前は発句だけ一文字あげて、あとは下をそろえる。

　なつかしき春の香の菓子並びをり　　蒼子
　　のどかに集う言の葉の園　　一葉

こうしてならべて書いてみると、文字から春の匂いが漂ってくるみたいだった。

5

発句、脇、第三《だいさん》。特殊な呼び名の三句のあと四句目が続き、次の五七五は月の座と言って、月を出す。その次の六句目までを「表六句《おもてろっく》」と言うらしい。

表六句が終わったところで、お昼になった。連句の席では表六句はかしこまった場で、その後「裏《うら》」にはいるとお酒が出てくるものらしい。昼の集まりだからここでお昼ごはん、というわけだ。

お弁当と言われたから自分の分だけ持ってきたが、ほかの人たちはそれぞれ一品ずつたくさん持ってきていて、分け合っている。自分で作ったものあり、買ってきたものあり。和洋中の皿がにぎやかにならんだ。

蒼子さんに、一葉さんもどうぞどうぞ、と言われ、申し訳ないような気持ちになりながら箸をのばす。にんじんのサラダ、ローストポーク、唐揚げ、野菜の焼きびたし、炊き込みごはん。どれもおいしい。

途中で、メンバーがふたり遅れてやってきた。直也《なおや》さんと悟《さとる》さんという、四十代くらいの男性だ。直也さんはお酒、悟さんは中華惣菜を持ってきていて、さっそくランチに加わった。みんな食べることに夢中で、これじゃあ連句会じゃなくて持ち寄りランチ会だね、と笑っていたが、食事が終わるとまた連句がはじまった。

今度は「裏」。裏になると表で禁じられていたいろいろなことが自由に詠めるようになるのだそうだ。裏が十二句が連なったあと、「名残《なごり》の表」がさらに十二句、その後「名残の裏」が六句で合計三十六句となるらしい。

よくわからないまま、航人さんの言葉にしたがって句を作った。「恋の座」といって恋にまつわる句がならんだり、時事を扱った句も出はじめる。

三時になったところで桜もちを食べた。

みんな楽しそうに祖母の話をしている。むかし作った句のことや、そのとき話した身の上話。毎回持ってきたお菓子のこと。でも、亡くなった、という言葉は出ない。祖母もいっしょにここにいるような気がした。

おばあちゃん、いつもこんなところで遊んでいたのか。話をぼんやり聞きながら、心がふんわりふくらんで、祖母の笑顔が目に浮かんだ。

その後もわからないなりに毎回句を作り、何度も撃沈しながらあと三句取ってもらった。最後の句は「挙句」という。「挙句の果て」の語源だと航人さんが言っていた。

連句は一巻《いっかん》、二巻《にかん》と数え、巻き終わるとその一巻のタイトルをつける。この巻で印象に残った言葉をタイトルにするらしい。メンバーたちの意見で、今日の一巻は「言の葉の園」と決まった。

歌仙「言の葉の園」。わたしに気をつかってくれたのかな、と思ったけど、巻きあがった歌仙の前にそのタイトルを書くと、少し誇らしい気持ちになった。

会が終わったあとは近くの古民家カフェで二次会をして、ぶらぶら歩きながら西馬込駅に戻り電車に乗った。最初はみんないっしょだったが、途中でだんだん散りになる。

三田《みた》で都営三田線に乗り換えると、ひとりになった。電車はがらがらで、七人がけの席にぽつんとひとりで座った。

がたんがたんと電車が揺れる。今日の句が次々と頭をめぐり、ああ、疲れたなあ、と思う。

——連句では森羅万象《しんらばんしょう》を詠むんですよ。

航人さんはそう言った。ひとつのテーマにこだわることなく、できるだけたくさんの事柄を入れる。同じようなことは二度としない。ひとつながりの物語にもしない。

言葉の園はどんどん広がり、遠い海外の土地に行ったり、何百年も時代をさかのぼったりした。座っていただけだったけど、頭のなかは大冒険だった。

――航人さんの捌きは少し変わっているの。前の宗匠の冬星さんもそうだった。

祖母の言葉を思い出す。

――冬星さんが亡くなって、残った人たちが交代で捌きをしてたときもあったんだけど、あんまりしっくりこなくて。でも、航人さんの捌きには冬星さんと通じるところがあった。わたしよりずっと年下だけど、ほかの人とどこかちがう。それでずっと通ってるの。

連句のことは正直まだよくわからない。でも、楽しかった。

――連句には教養も必要で、規則もいろいろある。でも航人さんは、教養によるつながりだけじゃなくて、句にこめられた気持ちを読み取ってくれるの。句と句が深いところでつながっているのを喜んでくれる。

深いところでつながる。蒼子さんの発句に脇を付けたときのことを思い出す。蒼子さんと会うのははじめてで、蒼子さんのことはなにも知らない。それでも祖母の記憶が蝶番《ちょうつがい》になって、気持ちがつながった気がした。

また行こう。祖母のリストにあるお菓子を持っていかなくちゃならないし、それにお弁当も。今度こそちゃんと持ち寄りのおかずを持っていかなければ。

がたんがたんと電車が揺れる。つり革が揺れる。この風景を五七五か七七にできないだろうか。いつのまにかひとり、言葉の園をさまよっていた。

一等賞になれなくても

1

四月最後の土曜日になり、わたしはまた根津からバスに乗り、言問橋に向かっていた。

祖母の作ったお菓子のリストによると、四月のお菓子は「向じま志満ん草餅」。向島に行くには、先月行った言問橋から歩くのがいちばん早そうだった。

晴れていて、少し暑いくらいだった。バスに揺られながら、ぼんやり外をながめた。谷中《やなか》、上野《うえの》桜木《さくらぎ》。言問通り沿いにはずっと、いま風の低いマンションや一軒家がならんでいるが、ときおり木造の古い家や寺が現れる。

あいかわらず無職だった。

三月に実家に戻って一ヶ月。再就職先を探しはじめたものの、なかなか見つからない。

――こういう時代だから贅沢は言ってられないと思うけど、向かない仕事についたらあとが苦しいよ。

　母はそういう感じだし、父は干渉してこない。母の知り合いで、娘さんの勤め先がブラック企業で、入社して一年も経たないうちに身体を壊して退職した人がいるらしく、母なりに心配しているのかもしれない。

　とりあえず実家にいるかぎりは家賃はかからないというのもあって、わたしもなんとなくのんびりかまえていた。先週末までは。

　――あのさあ、お前ももういい年なんだから、親にあんまり迷惑かけるなよ。

　たまたま家族を連れて実家に帰ってきた兄からそう言われたのだ。兄は大学卒業後、大手メーカーに就職。結婚して家を出て、もう子どももいる。

　父も母も昼間は家にいない。だから日中はいつも家にひとり。だれにも干渉されず時間が止まっているような暮らしを続けていたが、義姉と三歳の甥《おい》を連れて兄が帰って来たとたん、時間が倍速で流れ出したみたいになった。

　甥はよく動く。しかも予想外の動き方をする。駄々をこねたり、泣いたり、騒いだり、とにかくにぎやかだが、笑うとなんともかわいいのだ。母はもうめろめろである。おまけに義姉はふたりめを妊娠中。二ヶ月後にはもうひとり赤ちゃんが誕生する。

　兄と同じ会社で働いている義姉は、甥が一歳になって復職。いまは時短勤務をしているが、今月末から産休にはいるらしい。こちらの家に来ているから、というのもあるだろうが、良き妻、良き母、という感じで、いかにも有能そう。

育児をしながらの勤務は想像を絶する大変さで、でも仕事は辞めたくない、と義姉は微笑む。立派である。それにくらべてわたしは、勤務も育児もなく、結婚すらしていない。二歳しかちがわないのに。

兄の顔つきも変わった。なんというか、大人になった。会社でも課長になったらしく、これからしばらくはひとりで一家を養わなければならないという責任感みたいなものがにじんでいる。妊娠中の義姉に負担をかけないよう、食事のあとは自分が片づけに立つ。

前はあんなこと全然しなかったのに。母は感動し、父は感心している。

おいてきぼり感が半端なかった。育児は仕方ない。結婚も相手がいなければできない。でも働いていないのはさすがにまずいだろう。いや、会社の都合だから退職自体は仕方ないのかもしれないけど、そういう問題ではないのである。

なんかしないと。ここはやはり伝手をたどって書店に、とも思ったが、書店自体が減っていて、正社員の採用はなかなかない。といって、ずっとバイトというわけにもいかない。ほかを考えるしか……。

だが、考えれば考えるほど、自分には就職に役立ちそうな特技も資格も、人にアピールできる点もないのだ、と思い知らされた。

2

言問橋の近くでバスを降り、向島まで歩く。「向じま志満ん草餅」はわたしも食べたことがある。祖母が連句会の手土産を買うときに自宅用もひと箱買って、持って帰ってきてくれたのだ。

隅田川の渡し船を使う人に草餅を出す茶店として、明治二年に創業した和菓子屋で、看板商品の草餅にはあん入りとあんなしの二種類がある。あん入りはこしあん。あんなしにはきな粉と白蜜がつく。

外側の緑色のお餅の表面はつるんとして、ヨモギの香りがぷんと漂う。創業時には隅田川の土手で手摘みしたヨモギを使っていたらしい。いまはさすがにそれはできないが、各地のヨモギの新芽だけを使い、添加物は一切使っていないのだそうだ。

あんなしの草餅というのはめずらしい気がするが、わたしはこのあんなしも好きだ。草餅にくぼみがあり、そこにきな粉を入れ、白蜜をかける。もちろんあん入りの方のなめらかなこしあんも捨てがたい。

祖母のメモには「あん入りとあんなし、ひとりひとつずつ」と書かれていた。昨日メールで聞いた連句会の参加者の人数を確認し、突然来る人もいるかもしれないから両方ふたつずつプラスした数を買った。

店を出て、京成曳舟《けいせいひきふね》駅へ。

今日の連句の会場は大森《おおもり》にある大田文化の森。会議室や図書館、小さなホールのある公共施設らしい。浅草線と京浜東北線を乗り継いで大森駅に向かう。午後一時からなので、この前のような持ち寄りランチ会はない。

大森駅で降りたのははじめてだった。前回の西馬込もそうだったが、大田区にはあまり縁がなく、行ったことがあるのはせいぜい羽田空港くらいだ。言われた通り北口に出ると、目の前がいきなり崖のように切り立っていて驚いた。

昨日の蒼子さんからのメールには、大森駅から大田文化の森まではバスがあると書かれていた。徒歩だと十五分くらい。商店街をまっすぐ行くだけだったので、歩いていくことにした。

大森駅北口を出て、地図アプリにしたがって歩いていく。広い通りをはさみ、両側の歩道の上だけにアーケードがある。東京とは思えない、のんびりした、なんとも風情がある商店街だ。

レトロ感？　昭和感？　地元の人が買い物かごを持って歩いているような……。向島のあたりとどこか通じるところがある気がした。

環七にぶつかってアーケードが終わる。道を渡り、さらに少し進むと目指す大田文化の森があった。施設の前に広場があり、左手に小ホール。会議室がはいっている建物は広場の奥にあった。

予想していたより時間がかかり、開始時刻になっていた。急いでエレベーターで二階にあがり、指定された会議室にはいる。ノックして扉を開けると、ロの字にならべられた席に人々が座っていた。

航人さん、桂子さん、蒼子さん、鈴代さん、悟さん。前回にいらした直也さんは今日はお休み。代わりにひとり、知らない女性がいた。わたしよりずっと若い。まだ大学生くらいに見える。

「こんにちは。一葉さんですか」

その若い女性がはきはきした声で訊いてきた。ショートカットの髪にくるくるした瞳。白いブラウスにふんわりしたスカート。淡いピンクのカーディガンを羽織っている。

「はい」

「わたし、蛍《ほたる》って言います。大学生で、日本文学を学んでます」

大学生……。そんなに若い人が？　ちょっと驚いて、蛍さんの顔を見た。

「大学の短歌の先生に誘われて、こちらに来るようになったんです」

「蛍さんはね、とても文才があるの。期待の新人よ。大学の創作コンクールでも優勝したことがあるんですって」

桂子さんが言った。

それを聞いて、蛍さんがなんだかきらきら輝いて見えた。大学生。若い。才能もある。創作コンクールで優勝……。

そういえばわたしはむかしからいちばんになったことがない。学校の成績はもちろん、運動会の徒競走でも、ずっと続けていた書道の展覧会でも、ほかのどんなことでも。

「治子さんにはいろいろ教えていただいて……。お菓子もいつも楽しみにしてました」

「あ、はい。今日は草餅、持ってきました」

わたしは紙袋をちょこっと持ちあげた。

「ああ、志満ん草餅！　うれしい。楽しみにしてたのよね」

桂子さんが言った。

「まあ、おやつはあとにして」

航人さんがにこにこ笑う。

「この前も話したけど、連句は遊びの場。日ごろの仕事や身分から離れて遊ぶ。だから苗字は名乗らず、ただの一葉さん、蛍さんだけでいいんだけど、やっぱりちょっとはおたがいのことを知っていた方がいいよねえ」

「まあ、雑談していればおいおいわかってくることですけれども。正体不明同士じゃ話もしにくいですね」

蒼子さんが笑った。

「えーと、まず、桂子さんは俳人で……」

蒼子さんがとなりの桂子さんの方を見る。

え、俳人？

「やあだ、俳人なんて。わたしは俳句を習ってる身で、俳人って呼ばれるような立場じゃなぁいわよぉ」

桂子さんが笑った。

「でも、結社に所属されて、句集も出されていますし」

「そんな人はたくさんいるの。俳人、って名乗れるのは、ちゃんと世の中に名前の通ってる人だけよ」

桂子さんの言葉にみんななにも言えなくなる。顔はにこやかだが、有無をも言わせぬ迫力があった。

「わたしは出版社の校閲室で働いているんです」

蒼子さんが言った。

「『堅香子』の最後の方にちょっと参加させてもらって……」

「『堅香子』って『ひとつばたご』の前にやってた連句会ですよね」

鈴代さんが訊いた。

「そう。冬星さんっていう方が宗匠で、航人さん、治子さんもいた。わたしたちはそこで冬星さんから連句を学んだの」

桂子さんが言った。

「冬星さんが亡くなって、閉じてしまったんだけど……。蒼子さんも仕事で冬星さんと知り合って、スカウトされたのよね」

「スカウトなんて……」

蒼子さんが笑った。

「わたしは俳句関係の本を担当することが多くて、冬星さんが共著で出した連句の本の初校をわたしが……。ふだんは校閲が著者と会って話すなんてことはないんですけど、本がとてもおもしろかったので、編集者に頼みこんで出版記念会に連れていってもらって……」

「それでパーティー会場でスカウトされたんでしょう?」

桂子さんがふぉっふぉっと笑った。

「お目にかかって『本を読んで連句に興味が出ました』ってひとこと言ったら、『じゃあ、来月の会においで』って」

「冬星さんって、そういうところあったわよね。フランクって言うか。大学の先生だったのに、ちっとも偉そうじゃなかった」

「冬星さんが亡くなったのがその二年後。だから二年弱しか冬星さんに教わってないんですけど、そのあと航人さんがひとつばたごをはじめるとき、桂子さんからお声がけいただいて」

冬星さんという人のことは、祖母からも聞いたことがあった。あれはわたしがまだ高校生のころ。連句会の宗匠が亡くなったとずいぶん沈んでいた。

連句会がなくなって祖母はしばらくさびしそうにしていたが、半年くらい経ったとき、以前の連句仲間があたらしい座を作るから、わたしもそこに参加する、と言った。

──今度の宗匠は航人さん。わたしよりずっと年下だけどね、すごい人なの。思いもよらない付け合いの句を出す。それに冬星さんとちょっと似てる。句を読み取る力が高くて。

そんなふうに言っていた。

「悟さん、鈴代さんはひとつばたごになってからのメンバーで……」

蒼子さんが悟さんたちを見る。

「僕はふだんは弁護士をしてて……」

悟さんが言った。面長の顔に黒縁のメガネ。ネクタイはないが、トラッドな雰囲気のセーターに品のいいチェックのシャツ。カジュアルだけどセンスがいい。

「悟さんは、歌人でもあるんですよ。去年第一歌集を出されて」

蒼子さんが言った。

弁護士で、歌人……。歌集も出してる。弁護士だけでもすごいのに、短歌まで……？

「いや、僕も歌人なんて名乗れる身じゃあないですけど。カルチャーセンターで川島久子《かわしまひさこ》さんという歌人から短歌を習っていまして。久子さんは航人さんのむかしからのご友人なんですよね」

「そうそう、久子さんとはむかし何度か連句を巻いたことがあって……。いまでもときどきこの会にもいらっしゃるんですよ」

航人さんが答えた。

「久子さんは、蛍さんの先生でもあるんですよね」

「はい」

蛍さんがうなずいた。

「大学で川島先生の授業を取っていて、川島先生がこちらにいらっしゃるとき連れてきていただいたんです。それからこちらに……」

「治子さんのお菓子をいつも楽しみにしてました。よろしくお願いします」

悟さんがにこっと笑って頭をさげた。

「あ、わたしは広告代理店に勤めていて、たまたま蒼子さんが開催したツイッター連句に参加して……」

鈴代さんがかわいらしい声で言った。

「いえ、参加なんて大げさなものじゃなくて、オープンなものだったので、なんとなく一句作って投稿しただけなんですけど、その句を採用していただいて。その縁でひとつばたごに誘われたんです。短歌も俳句も作ったことないし、できるか不安だったんですけど……。最初は直してもらってばかりでした」

えへへ、とうつむく。

「一葉さんは？　ふだんはなにをされてるんですか？」

蛍さんが訊いてきた。うっ、と詰まる。

なにを、してる？

なにもしてない。

「実は、いまは無職で……。ずっと書店員だったんですけど、勤めていた書店が閉店してしまいまして……」

隠すのもかえって恥ずかしい気がして、思い切って言った。

「ええっ、大変じゃないですか」

鈴代さんが言った。

「書店さん、どこもきびしいって聞きますから」

蒼子さんも心配そうな顔になる。

「いまは実家に戻っているのでなんとかなってますし、次をゆっくり探します」

「そうなんですね。やっぱり、大変なんですね」

蛍さんがうなずいた。

「さて、自己紹介も一周しましたし、そろそろ句を作りましょうか」

航人さんが微笑む。

「そうだった。あ、もうこんな時間!」

蛍さんが時計を見て声をあげる。みな目の前に積まれた短冊を一枚取り、筆記用具を取り出した。よかった、自己紹介はこれで終わり。ほっと胸をなでおろし、わたしも短冊を取った。

3

「じゃあ、発句を作りましょう」

発句……。前回の記憶をたどる。五七五で、たしかその季節の句だったはず。

「今日は春の句ですね。発句は挨拶句ですから、今日ここに来て感じたことや、ここに来るまでの道中なんかを詠んでください。俳句とちがって、連句はあまり切れ字を入れないんですが、発句には入れていいですよ」

航人さんが言った。

切れ字……？　ああ、「〜や」とか「〜かな」っていうやつか。前に俳句の授業で習ったのを思い出した。

「入れなくちゃいけないんですか？」

どうにも使いこなせる自信がなくて、そう訊いた。

「なくても大丈夫ですよ」

航人さんはにこにこ笑って答える。

春の句……。持ってきた歳時記をめくり、春の季語を目で追った。

「季語は晩春《ばんしゅん》、ですよね？」

鈴代さんが訊く。

「そう、晩春。でも三春《さんしゅん》でもいいですよ」

航人さんが答えた。

航人さんによると、四季はすべてそのなかで三つの時期にわかれている。春なら初春《しょしゅん》、仲春《ちゅうしゅん》、晩春。三春というのは、その三つを通して使えるオールマイティな春の季語。

いまは四月の終わりだから、三つにわけるなら晩春にあたる。発句は当季《とうき》、つまりいまの季節の季語を使わなければならない。だから初春や仲春の季語ではなく、晩春か三春の季語を用いる。続く脇もそれにそろえるらしい。

ちらりと横を見ると、蛍さんはもう短冊になにか書きつけている。桂子さんも、蒼子さんも悟さんも、涼しい顔でさらさらと。鈴代さんはうーん、とうなりながら歳時記や辞書をめくっている。

挨拶句。今日ここまで来るあいだのこと？　草餅を買ったことだろうか。切れ字の話を思い出し、とりあえず短冊に「草餅や」と書いてみたが、あとが続かない。それに前回の発句は蒼子さんの句で、お菓子を詠んだものだった。またお菓子というのも芸がない。

じゃあ、大森？　はじめて来た、ということを五七五の形にして、春の季語を入れて……。季語はなにがいいだろう。晩春……。歳時記をめくると知らない言葉がたくさんならんでいて、こんな言葉があるのか、といつのまにか言葉の森に迷いこんでいる。

「一葉さんはどうですか？」

航人さんの言葉にはっとして顔をあげた。見ると航人さんの前にすでにいくつも短冊がならんでいる。わたし以外はみんないくつか句を出しているみたいだ。

「なかなかひらめかなくて……」

「そうですか、じゃあ、今回はパスにしておきましょうか。先はまだまだ長いですから。けっこういい句がたくさん出たので、このなかから決めましょう」

航人さんがならんだ短冊をじっと見つめた。

「いい句が多いですけど、『海近し商店街はうららかに』、この句はどなたですか？」

「はい」

鈴代さんが小さく手をあげる。

「『うららか』が春の季語ですね」

そうなのか。あわてて歳時記をめくると、たしかに載っている。

「大森の駅のホームに貝塚の碑があったんです。そういえばむかし社会で大森貝塚のことを習ったなあ、って思い出して、海が近いのかな、って」

「そうですね、いまは埋め立てられて海岸線が遠のいてしまいましたけど、むかしはすぐ近くまで海だったようですよ」

航人さんが言った。

「大森のあたりは海苔《のり》で有名だったんですよね。浅利《あさり》売りもたくさんいたとか」

桂子さんが言った。

「商店街にも海苔屋さんが残ってるし、浜辺公園というところに海苔の博物館もあるんですよ。じゃあ、この句にしましょう。波の音が聞こえてきそうで、とてもいい。蒼子さん、お願いします」

航人さんが蒼子さんに短冊を手渡す。蒼子さんはうなずいて立ちあがり、壁際のホワイトボードに鈴代さんの句を書き出した。

この前の和室には黒板もホワイトボードもなかったから短冊をまわし読みにしていた。会議室はこういうところが便利だなあ、と思いながらノートに書き写す。

「次は脇。脇は、発句とふたつでひとつの世界を作る感じで。ここだけはぴったり付いていていいんですよ。同じように春の句で……。あとは最後を体言止めにする」

体言止め。そうだ、名詞で終わるようにするんだっけ。この前はわたしの句を取ってもらった。春の句。七七。体言止め。発句が商店街の句だから、商店街に関するものがいいのかな。商店街……。レトロなお店がたくさんあったっけ。

手芸店に洋品店、時計店……。「あちらこちらに昭和の香り」？　ああ、ダメだ、これじゃ季語がはいってない。えーと、春の季語……。歳時記をめくる。言葉がたくさん頭にはいってくるが、どれも形にならないままこぼれていってしまう。

悟さん、蛍さんがまたしても句を出している。早いなあ。悟さんは歌人、蛍さんは詩や小説を勉強しているって言ってたし、日ごろの訓練がちがうのだろうか。

「ああ、おもしろいのが出ましたね。『ウツボのそりと陽炎の中』。これはどなた？」

「わたしです」

悟さんが手をあげた。

「あ、ウツボ。ドン・キホーテの水槽ですよね」

鈴代さんが訊いた。

「わたしも見ました。岩からぬうっと顔を出してて……」

蛍さんも言う。わたしも見た。大森の商店街が終わりに近づいたころ、大きなドン・キホーテがあり、店の前の水槽にウツボが何匹もはいっていたのだ。両手でつかめないぐらい太くて大きなウツボだ。

「ぜんっぜん動かないんですよね」

鈴代さんがくすくす笑った。

「あのドン・キホーテ、数年前まではダイシン百貨店っていう地元の店だったんですよ」

　航人さんが言った。

「百貨店?」

　鈴代さんが目を丸くする。

「百貨店っていってもね、三越や髙島屋みたいのとはちがうなあ。地下にスーパーがあって、でも一階にはブランドのバッグとかも売ってて、二階には本屋や文具店があって、いちばん上に大食堂がある」

「ああ、なつかしい、地方の町の古い駅の近くとかにあるやつですね」

　蒼子さんが言った。

「そうそう。百円入れると動く乗り物なんかもあって……」

「大森って、昭和っぽい雰囲気、ありますよね」

「そう。ダイシン百貨店もずっと地元の人に愛されてきたんだよね。お正月になると店の前でお正月飾りが売られて、人が集まって……」

　そんな店があるならぜひ見てみたかった。

「まあいろいろあって、ドン・キホーテに変わっちゃったんだけれども……。あのウツボはおもしろいよね。僕も通りかかるたびに見てしまう。全然動かないんだよねえ。岩にもたれかかってたり、ただじっと浮いてたり。知らない人には商店街に大きな水槽がある、なんてことまでわからないけど、『海近し』があるからウツボが海にいるようにも読めるし」

「陽炎が春の季語ですね」

桂子さんが言った。

「そうだね。陽炎は三春。逃げ水とか蜃気楼も春の季語で、こちらは晩春」

陽炎、逃げ水、蜃気楼。いつの季節にもあるような気がするが、春の季語なのか。歳時記をぱらぱらめくる。

海近し商店街はうららかに　　鈴代
　ウツボのそりと陽炎の中　　悟

いつのまにかホワイトボードに脇の句が書かれていた。

「じゃあ、次は第三。表六句はいろいろ面倒だから、さっさと進みましょう」

航人さんが言った。表六句？　いろいろ面倒？　なんだったっけ。前回説明を聞いたような気もするけど、思い出せない。

「発句、脇でひとつの世界が終わって、第三からは仕切り直して再スタートする感じ。だから、前の句と離れていた方がいい。がらっと変えるくらいの気持ちで。それから『て』止め。言い切りの形とか、体言止めだとそこで終わる感じになってしまうでしょう？　第三は次に続いていくことを意識して、句の最後を『なになにして』とか『なになにて』で終わらせるのがよしとされています」

航人さんが言った。「て止め」。この前も説明を聞いた気がするが、これも忘れていた。あのときは脇で自分の句を取ってもらい、そのことで頭がいっぱいで第三の説明が頭にはいってこなかったのかもしれない。

「もう春じゃなくてもいいんですか？」

蛍さんが訊く。

「そうだねえ。ここはまだ春の方がいいですね」

航人さんが答えた。

「それと、人が出て来る句がいいですね」

「ああ、発句が場《ば》の句だから」

桂子さんがうなずく。

場の句……。これも前回聞いた言葉だが、あまりよく思い出せない。

「そう、打越《うちこし》が場の句だから、ここは人情《にんじょう》あり。自《じ》でも他《た》でも自他半《じたはん》でもいいですよ」

打越？　人情？　自？　他？　自他半？

前回も何度も出てきた言葉で、そのときはわかったような気になっていたが、すっかり忘れてしまっている。

「あの、すみません、打越ってなんでしたっけ？　前にも聞いた気がするんですけど、わからなくなってしまって……」

航人さんに訊く。

「ああ、変な言葉だよね。打越、っていうのは、前の前の句のこと。1、2、3って句が三つならんでいるとき、1と3が打越。連句にはおもしろい性質があって、前の句とは付くけど、前の前の句とは離れなくちゃいけないんだ。戻っちゃいけない。これが連句の基本。いちばん大事なことといってもいい」

「打越と自他場が同じになっちゃいけないんですよね」

蛍さんが訊いた。

「そうそう。自他場っていうのもちょっと変な考え方だけどね。連句では、すべての事象を自・他・場に分ける。まずはざっくり、人が出てくる句と出てこない句。出てくる句は『人情あり』、出てこない句は『人情なし』」

人情といっても、「人情もの」みたいな意味ではないらしい。

「で、人情なし、つまり人が出てこない句が『場』、人情ありのなかで、自分のことを詠んだ句が『自』で、他人を詠んだものが『他』。自分と他人両方出てくるのが『自他半』。『商店街』は『場』の句で人情なし。だからここは人がいる句じゃないとダメ。自でも他でも自他半でもいいから、とにかく人を出す」

航人さんが言った。

商店街には人がいるのものでは、と思ったが、人の行いが描かれていないから、これは情景の句、ということみたいだ。

「まあ、あんまり式目に縛られてもつまらないし。なんとなく、人が出てくる句、と思っておいてくれればいいですよ。人が出てくる句、季節は春」

制限がゆるくて、むしろむずかしい。前の句からは離れるというのもむずかしい。今回はみんな苦戦しているようで、なかなか短冊が出ない。桂子さん、蒼子さんがお子さんやお孫さんの話をはじめ、雑談モードになった。

「そういえば一葉さん、書店員さんだったんですよね？」

まわりの人たちの話をぼんやり聞いていると、蛍さんから話しかけられた。

「わたし、むかしから図書館や書店で働いてみたいって思ってて……。書店のお仕事ってどんな感じなんですか？」

「そうですねえ……」

勤めていたころのことをふりかえりながら、仕事の内容を説明した。朝出勤したら、その日納品された雑誌や書籍を確認して、商品を棚に陳列する。掃除をして朝礼、レジの準備。開店後はレジ、陳列、発注などの業務を分担してこなす。

　午後は接客の合間に新刊コーナーや売れ筋の棚の構成を考えたり、出版社の営業さんとやりとりしたり。販促のためのグッズを整理して、包装紙でブックカバーを作って……。

「それとポップ作りですね」

「ポップ？　あ、あの本のうしろに立ってる宣伝の紙のことですか」

　蛍さんが言った。

「ええ。出版社の方から印刷されたポップや、著者の直筆ポップをいただくこともあるんですけど、書店員がこれを推《お》したい、と思ったら自分でポップ作るんですよ」

「そうなんですね。一葉さんも作ってたんですか？」

「はい。字がきれいだって思われてて……。ポップはよく作ってました」

「一葉さん、字、うまいですよね。この前の短冊を見てそう思ってました」

　鈴代さんが言った。

「いちおう、高校時代まで書道習ってましたから、字だけは……」

　といっても、書道の展覧会で賞を取ったことはない。字の勢いや思い切りが足りないみたいで、いつも佳作止まり。むしろ書道以外のペン字で褒められることが多かった。

だからだろうか、書道一筋というわけではなく、わりといろいろな文字が書ける。丸文字や女子高生風の文字も書けるし、ポップ書きを続けるうちに簡単なレタリングもできるようになった。

本の雰囲気によって書体や筆記用具、色遣いを変えたり、もともとイラストを描くのが好きだったから、本によってはイラストをつけることもあった。

「ポップで売りあげが伸びた本もたくさんありますよねぇ。わたしも仕事柄、お店に行くとポップってどうしても気になっちゃいます」

鈴代さんが言った。そういえばさっき広告代理店勤務だって話してたっけ。

「本ごとにつけるポップもありますけど、何冊かの本を組み合わせてフェアを組むときもあって、そういうときは、ポップだけじゃなくて、パネルも作ったりするんですよ」

一度、仕事に悩む女子へのおすすめ本というフェアを組んだことがあり、そのときは棚ひとつ全部働く若い女性を主人公にした本を集め、わたしがすべての本にポップをつけた。手作りのパネルも作ったりして、かなり売れたのだ。

わたしは文庫の売り場担当だったが、以来、ほかの部署からもよくポップを書いてくれ、と頼まれるようになった。フェアを組むときなどは、ポップだけでなく宣伝用のパネルも書いた。もちろんプロのデザイナーみたいなものは作れないが、完璧じゃない方が手作り感があっていい、などと言われ、重宝されていた。

「本屋さんでそういうの、見たことあります。すごい、ああいうのを作ってたんですね」

蛍さんが感心したように言った。

「写真、ないんですか？」

鈴代さんが訊いてくる。

「ありますよ。記録にとっておいたのが……」

勤めていたころは自分の作ったポップなどはすべて写真におさめていた。売りあげが伸びたものをあとでチェックするためだ。

スマホを取り出し、写真をめくる。勤めを辞めてからは写真がほとんどないことに気づいた。あんまり外にも出てなかったし、あたりまえか。

「これです」

すぐに書店員時代の写真に行き着き、ポップやフェアの売り場が写っているものを蛍さんと鈴代さんに見せた。

「うわあ、かわいい」

蛍さんが夏の児童書フェアのときのポップを見て声をあげた。

「全部一葉さんが書いたんですか？　書体とかずいぶんちがいますね」

「そうなんです。本の内容によって、ポップの雰囲気も変えてて……」

「すごい、うまい……。ああ、なんだか本屋さんの句を作りたくなってきちゃった」

蛍さんがつぶやいた。

「うーん、本屋さんはね。打越が商店街だから、戻っちゃう感じだなあ」

航人さんがにこにこ笑いながら口をはさんできた。

「そうですね」

蛍さんは残念そうな表情だ。

「ここでまた書店を出すと、商店街の話に戻るからダメ、ってことですか」

よくわからず、訊いてみた。

「そういうことです。連句は変化を重んじるんです。真ん中の一句をはさんで、前とうしろで全然ちがう世界になってる、そこが連句のおもしろさなんですよ」

わかったようなわからないような。

人が出てきて、季節は春。「て」や「にて」で終わって、商店街には戻らない。

「書店はダメだけど、本だけならいいんじゃないかなぁい？」

のんびりした声で桂子さんが言った。

「そうですね、本だけなら大丈夫ですよ。皆さん、おしゃべりもいいけど、そろそろ句を出してくださいね」

航人さんがにこにこ微笑むと、みな短冊に向かった。

4

第三はなかなか決まらなかった。航人さんの前に短冊がずらりとならんでいるが、どれもいまひとつのようだ。わたしもさっきの話から本の句を作りたくて考えていたが、どうにも形にならない。書いては消し、書いては消し、とくりかえした。

「うーん、困りましたねえ。脇のウツボが強烈すぎたかな。なかなかそこから離れられないですねえ」

航人さんがうなる。そのとき、蒼子さんが航人さんの前に短冊を置いた。

「あ、これはいいですね」

句を見るなり、航人さんが言った。

大鍋で八朔の皮煮詰めゐて　　蒼子

「景色も雰囲気も変わっていいですね。でも、暗い水槽のなかのウツボと、大鍋でぐつぐつなにか煮ている様子が少し通っている。これにしましょう」

蒼子さんがホワイトボードに句を書く。八朔《はっさく》が晩春の季語らしい。なるほど。前の二句と雰囲気が変わったことはわかる。皮を煮詰めているのは自分だから、人もいる、ということか。

「時間かかっちゃったけど、次は四句目。四句目は気負わない軽い句がいいんです。春を三句続けましたから、ここはもう季語はなくてよい。語尾の決まりもありません。さらっとした句でいいんですよ」

航人さんが言った。

「今回も人のいる句ですよね」

蛍さんが訊いた。

「そう、ウツボは人じゃないから、脇も『場』の句。だからここは人情あり」

季節はなし。人のいる句で、語尾も自由。そして、ウツボの句からは離れる。商店街があるし、町じゃない方が良さそう。さっき作ろうとして作れなかった本の句でも大丈夫かな。八朔の皮を煮ているあいだ、近くで本を読んでいる、とか……。

ふっと浮かんで、短冊に「短編集のページをめくる」と書いてみた。いちおう七七になっているみたいだ。これでいいのかな？　できたら自分のところに溜めこまないで、出してくださいね」

「一葉さん、なにか書けたのかな？

航人さんにうながされ、自信がないまま短冊を手渡した。

「ああ、いいじゃないですか。付け合いはとてもいいですよ。八朔の皮を煮ているあいだ、短編集を読む。それとも別のだれかが近くで読んでいるのかな。どちらにとってもいい。でもこれは四三《しさん》だなあ」

「四三？」

またしても専門用語。なんだっけ？　前回も何度か出てきた気がする。

「これは連句の決まりというより、むかしからずっと和歌で言われてきたことなんですよ。結句《けっく》の七が四三に分かれるのはよくない、と。二五《にご》もね」

航人さんが言った。

「わたし、まだその四三がダメっていうのが、よくわからないんですけど」

蛍さんが言った。

「これは調べの問題だから、うまく説明できないんだけど。たとえば『淡雪溶ける』より『溶ける淡雪』の方が据わりがいい、ってこと。もともとは和歌の伝統で、万葉集には四三の句があるけど、古今集の時代になるとなくなるんだよね。芭蕉さんたちの蕉門俳諧にも四三はない」

「万葉調を理想にしていた斎藤茂吉《さいとうもきち》は四三を認めて、四三でないと成り立たない歌もある、と言ってますよね。ただ成功させるのはむずかしい、と」

桂子さんが言った。

「僕は四三は認めないって叩きこまれてきたからその感覚がわかるし、四三の句は絶対に作れない。作らないいんじゃなくて、作れないんです。歯を磨かないと眠れないのと同じ。人の句でもどうしても気になって直したくなる。でも、いまの歌人はあまり四三を気にしないですよね」

航人さんが悟さんに訊く。

「そうですね、結句が四三になる歌はたくさんあると思います。まあ、全体に破調《はちょう》のものも多いですし」

「日本人のリズム感が変わってきてるのかもしれない、とも思う。だから、四三が絶対にダメ、ということじゃなくて、一巻に一ヶ所くらいはあってもいいのかな、と思うようになった」

淡雪溶ける、溶ける淡雪。何度も頭のなかで唱えていると、なんとなく言わんとすることがわかるような気がしてきた。

「でも、それはやっぱり特例というか、よほどのときですよねえ」

蒼子さんが言った。

「これ、『ページめくって』にすれば、四三を避けられるわよね。ああ、でもそれだと最後が「て」で、第三とだぶっちゃうか」

桂子さんが首をかしげる。「ページ」は三音だから、助詞をとって、下の動詞を変えればいいのか。「て」で終わらない形で……。

「そしたら、『短編集のページ繰りつつ』はどうでしょうか?」

思いついてそう言ってみた。

「いいですね。じゃあ、そうしましょう」

航人さんが微笑む。蒼子さんが立ちあがり、ホワイトボードに句を書く。

海近し商店街はうららかに　鈴代
ウツボのそりと陽炎の中　悟
大鍋で八朔の皮煮詰めゐて　蒼子
短編集のページ繰りつつ　一葉

「単純な句ですけど、これでいいんですか?」

ここまでのほかの句とくらべると、あまり工夫がない気がして、そう訊いた。

「いいんですよ。四句目にはこういう句がちょうどいいんです。軽くて、いい句。これがただの本だったらおもしろみに欠けるかもですが『短編集』っていうところがいい」

そういうものなのか、と思った。

『四句目ぶり』っていう言葉があってね。発句脇は丈《たけ》高く、第三でそれを転じて、と、ここまで緊張が続くでしょう？　だから四句目は第三の転じを受けて、軽く付けろ、とむかしから言われているんです。でも、この『軽く』っていうのが意外とむずかしい」

「そういえば、治子さんは四句目が好きだっておっしゃってましたね」

蒼子さんが言った。

「そうですね、治子さんは四句目がうまかった」

航人さんもうなずく。

「どうして『軽く』がむずかしいんですか」

蛍さんが訊く。

「発句客、脇亭主、第三相伴《しょうばん》、それに対して、四句目を庖丁《ほうちょう》って言うことがあるんです。この場合、庖丁って、切る道具じゃなくて料理人のことですね。ここにほっと一息つくような句が付くと、あとが付けやすくなる」

「次は月ですしね。四句目が重すぎると付けにくくなりますね」

蒼子さんが言った。

「四句目というのは、実は『付ける』という行為をよく表現する場所なのかもしれませんね。一句では立たない。でも前後との組み合わせで輝く。この一葉さんの句もそういう句ですね。このあとならどんな月でも付けられるでしょう?」

航人さんの言葉に、蛍さんがホワイトボードをながめた。

「連句は丈高い句ばかりがならんではダメなんですよ。『夜店のステッキ』という言葉がありましてね、すべての句が丈高く独創的だと、ピカピカのステッキが夜店にならんでいるような状態になる。これはいけない。すべての句が『俺が、俺が』になっているのは連句の精神とはちがうんですね」

航人さんによると、東明雅《ひがしあきまさ》という現代連句の先生が「だれかが丈高い独創的な句を出したら、次の人はその句の光を高めるように配慮する。個の文学である俳句のように独創的なものを競って出すのではなく、全体の構成、調和を考える」と語っていたらしい。

——自分はみんなみたいにすごい句は作れない。それでも連句はできる。そこが連句のおもしろいところなんだよ。

むかし祖母がそう言っていたのを思い出した。みんながピカピカの素晴らしい句にならなくていい。むしろなってはいけない。

「一等賞を目指さなくていい。というより、連句では一等賞はないんですよ。丈高い句も軽い句もみんなちゃんと役割があり、良さがある」

航人さんの言葉にはっとした。

——ねえ、一葉、別に一等賞にこだわらなくたっていいんじゃない？

祖母の声がよみがえってくる。

あれはたしか、祖母とふたりでお菓子を食べていたときのこと。運動会の徒競走でも習字の展覧会でも一度も一等になったことがないとぼやくと、祖母は笑ってそう言った。

——でも、お兄ちゃんは……。

兄は徒競走ではたいてい一等。騎馬戦でも活躍して大将になったり、学校の球技大会でもいつも目立っていた。

——だって、一等にこだわりだしたら大変だよ。お兄ちゃんだって学校では一等でも、オリンピックに行けるかはわからない。いつだって上には上があって、きりがない。ほんとのほんとの一等を取れる人は世界にひとりしかいないんだよ。この小さな小学校で一等かどうかで悩んだってしょうがない。

——それはそうかもしれないけど。

——ふだんの暮らしではどんな人にもそれぞれよさがあるでしょう？　一等とか二等とかないでしょう？　一葉には一葉の良さがあるんだから、それでいいとおばあちゃんは思うなあ。

あのときは納得できなかった。わたしだっていちばんになりたい。晴れの場で一等になりたい。そういう気持ちの方が強くてなにも答えなかったけど、祖母の言葉はなぜかずっと耳の奥に残っていた。

——連句では一等賞はないんですよ。丈高い句も軽い句もみんなちゃんと役割があり、良さがある。

さっきの航人さんの言葉が頭のなかによみがえる。ホワイトボードにならんだ句を見ながら、そういうものかもしれないなあ、とぼんやり思った。

5

それから月の座。

ただ「月」と言えば、それは秋の月なんだそうだ。

この前は、春の次は夏じゃないのか、と思ったが、連句は実際の四季の順番で進むのではないらしい。春の次に冬が来たり、夏の次に春が来たり。そうやって一巻のなかですべての季節をめぐる。

発句から、場、場、自、自、と連なって、人情なし、なし、あり、あり、と来ているので、次は人情ありで自以外がよい。なし、なし、あり、あり、なし、なしと二句ごとのセットが連なるのは「縞《しま》」と言われて嫌われる。規則的なくりかえしは単調になり、おもしろみがなくなる、ということらしい。

人情ありでも、ここは打越が自だから、自以外。つまり他か自他半だ。他人のことを詠んだ句か、他人と自分が両方出てくる句。

規則がたくさんあってややこしい。いまは覚えるのはあきらめて、言われるままに作るしかなさそうだ。

ここは桂子さんの「幼子が追いかけてゆく月の舟」が付き、蛍さんの秋の句で表六句が終わって、ようやくおやつタイム。頭を使ったせいか、けっこうお腹が空いている。

持ってきた草餅の箱を開けると、みんなうわあーっと歓声をあげた。

「このあんなしを食べたかったの。きな粉も蜜もおいしいのよね」

蒼子さんが言った。

「でも、あんも捨てがたいです」

蛍さんが草餅を見くらべる。

「人数分、あん入りとあんなし、ひとつずつ買ってきましたから。祖母のメモにそう書いてあったので」

「さすが、治子さん」

桂子さんが笑う。

「いつもそうでしたよね、あん入りとあんなし、ひとつずつ」

悟さんがうなずく。

「治子さんはほんとにひとつばたごのお菓子番でしたよねえ」

蒼子さんの言葉に、みんなのなかに祖母が生きているのを感じた。

「きっと草餅があるからと思って、わたしはちょっとしょっぱいものを持ってきました」

鈴代さんが茶色い紙袋を出し、袋の横を破って広げる。なかからパウンドケーキのようなものが出てきた。

「これは？」

「ケークサレです。甘くないケーキ……って感じかな。お野菜やお肉もはいってて……」

「へえ、おいしそうですね。僕、ちょっとお昼を食べ損ねちゃったんで、まずこちらをいただきます」

悟さんがケークサレをひとつつまむ。わたしも時間がなくて歩きながらおにぎりをつまんだだけだったから、ケークサレをひとつ手にとった。見た目はパウンドケーキみたいだけど、甘くないの？　不思議に思いながら一口食べた。

「おいしいですね！」

思わず声が出た。はじめての味だ。パウンドケーキにフルーツがはいっているみたいな感じで、パプリカやベーコンがはいっている。甘さはなく、ハーブが効いている。だが食感は菓子パンより焼き菓子に近い。

「知り合いが最近パン屋さんをはじめて、これはそこの商品なんです」

鈴代さんが言った。

「へえ。どこにあるんですか？　僕も買いに行きたいくらいです」

悟さんが言った。

「ほんとですか？　じゃあ、ショップカード預かってきてるので、持ってってください。いいお店なんで、宣伝したいんです」

鈴代さんがみんなにショップカードを配る。クラフト紙にシンプルな文字で店名と住所、サイトのＵＲＬが書かれていた。

草餅はふたつとも食べてしまう人もいたし、きな粉をかけるあんなしだけ食べて、あん入りは持ち帰る、という人もいた。

おやつタイムが終わり、ふたたび連句へ。

裏にはいると、恋や時事句などいろいろ出てきてにぎやかになる。

連句の規則は式目という。「連句の席では女が出ると恋になる」とか、月と花の定座《じょうざ》があるとか。なんでそうなるのか理由がわからないものも多いが、とりあえずそのままのみこむことにした。

不思議な遊びだ。ひとつながりのストーリーでもない、似たようなものがならぶのもダメ。商店街が出てきて、もう少し商店街を楽しみたいと思っても、次の次では捨てなくちゃいけない。常に変化を求める。複数の人で作るから先が読めない。みんながいちばんを目指して競うのではなく、それぞれがそれぞれでいい。

こういうのってほかにはあまりないよなあ、と思う。わからないなりにだんだん楽しくなってきて、裏でもう一句取ってもらった。

連句のあとの食事会で、となりになった鈴代さんとケークサレのお店の話になった。

「パンはほんとにおいしいんだけど、なかなか売れないんだよね。さっきの一葉さんのポップの写真を見て、こういうのがあるといいかも、って思って」

鈴代さんが言う。

「ポップ、ですか？」

「そう。パンの説明とかがあった方がいいのかな、って。めずらしいパンが多くて、近所の人たちにはイメージがわかないのかも。代官山《だいかんやま》とか二子玉川《ふたこたまがわ》みたいなおしゃれな街だったらお客さんも知ってると思うんだけど、ふつうの町だからね。さっきのケークサレも見ただけだとどんな味か想像がつかないでしょう？」

「ポップ、置いてないんですか？」

「あるけど、商品名と値段だけ。字も細くて小さいの。内装もシンプルな感じにしてるから、あんまりごちゃごちゃ書きたくないっていう気持ちはわかるんだけど、あれじゃあ地元の人たちには伝わらないよなあ、って。高齢者も多いし……」

「それはちょっともったいないですね。わたしは書店以外のことはよくわからないですけど、パン屋さんもけっこうポップ立ててますよね。材料とか、焼き方とか。なにがはいってるのかな、って気になりますし」

「『栗のパン』とか『豆のパン』とかはまだわかるんだけど、洋風の名前のものも多くて。そうなると、わたしでもよくわからない。食べてみるしかない」

鈴代さんが笑った。

「でもね、具だけじゃなくて、そのお店、天然酵母を使ってたり、スペルト小麦だったかな、ちょっと変わった小麦を使ってたり、いろいろ工夫してるのよ。だから そのあたりをわかりやすくアピールすれば、もっと売れると思うんだけど……」

「ポップの場合、くわしく説明する、っていうより、ぱっと見てわかる感じがいいんじゃないでしょうか。たとえば『大きめの栗がぎっしり』とか『外はぱりっと中はもっちり』みたいな……」

「あ、うまぁい。さすが。食欲を刺激する感じ。そういうのがあると思わず買っちゃいそう。けどなあ、その友人夫婦、ふたりとも口下手っていうか……」

鈴代さんがうーんと首をひねる。

「そうだ、一葉さん、さっきの一葉さんの作ったポップの写真、何枚かもらえないかな？　その友だちに見せてもいい？」

「え？　かまいませんけど……。本のポップですけど、いいんですか？」

「前にポップとかポスターとか作ってみたら、ってアドバイスしたことがあるの。仕事柄デザイナーの知り合いもいるし、頼んでみてもいいよ、って。でも、いわゆるパン屋さんのポップみたいなのはちょっとちがう、って言われちゃって。一葉さんのポップ、シンプルなやつもあったでしょう？　シンプルだけど、こう、前にぐっと出てくる感じがして。あれならイメージつかめるんじゃないかと」

「役に立つかなあ」

そう言いながらスマホの写真を繰った。

「あ、それそれ。あとこっちも……」

鈴代さんが指したところで止める。合計十枚ほど写真を選び、鈴代さんのスマホに送った。

「なんの話ですか？」

悟さんと蛍さんが話に加わってきて、話題はいつのまにかパン屋さんから草餅へ、そして甘味処とケーキ屋さんへと移っていった。悟さんは妙にお菓子にくわしい。もしかして甘党？　弁護士さんってもっと気むずかしいと思っていたけど、ちがうみたいだ。

連句はこういうおしゃべりに似てるのかもしれない。会議や講義みたいにずっと同じことを話すわけじゃない。規則からのがれ、とりとめもなく、なにかを競うわけでもなく。

——そうですね、治子さんは四句目がうまかった。

航人さんの言葉を思い出す。

——自分はみんなみたいにすごい句は作れない。それでも連句はできる。そこが連句のおもしろいところなんだよ。

祖母はそう言っていた。一等賞を目指さなくていい。一等賞なんてない。そういうことだったんだなあ、と遠くに座った航人さんの顔を見る。
おばあちゃん、わたし少しだけ、連句の楽しさがわかった気がする。
心のなかでつぶやくと、祖母がにこっと笑った気がした。

パン屋さんと月

1

連休明け、鈴代さんからメッセージが来た。例のパン屋さんの件だった。ポップの写真を見たパン屋さん夫婦がわたしから話を聞きたい、と言っているらしい。

——できたら一葉さんにポップを書いてもらいたいけど、それが無理ならどうやって書いたらいいのか教えてほしいって。もちろん謝礼は出します、って言ってたけど。どうかな？　一葉さんのご都合が悪ければ無理はしなくていいんだけど。

都合、といっても、予定などほとんどないのだ。パン屋さんの最寄り駅は町屋《まちや》で、根津からは地下鉄で三駅。数分あれば着く。

——書けるかどうかはわからないですが……。町屋でしたら近いので、お話聞くだけでしたらいつでも行けます！

——ほんとに？　助かる～♡

ハート……。語尾に赤いハートがついている。そのハートを見たとたん、鈴代さんのかわいらしい声が耳の奥によみがえった気がした。

――とりあえずお話うかがうだけなので、謝礼も大丈夫です〜。

こちらもなんとなく語尾をふわっとさせてしまう。絵文字や記号はちょっと恥ずかしくてつけられなかったが。

それから日程を相談し、結局鈴代さんがお休みの土曜日の午前中にパン屋さんに行くことになった。

メッセージのやりとりが終わったあと、ポップの話をするのだから、過去に作ったものを整理しておこうと思った。といっても、ポップはお店のものだから手元に現物は残っていない。スマホの写真のなかにポップというアルバムを作るだけだ。

写真をながめていると、書店で働いていたころのことを思い出した。バックヤードはそんなに広くない。本の山が積まれているときもあるし、机の上にもいつものが積みあがっている。まわりもばたばたあわただしいなか、事務机の狭い隙間でポップを作った。

担当が文庫の棚だったから、毎月の新刊にはできるだけ目を通すようにしていた。新刊はどんどん出るから全部はとても追えないけれど、話題作や好きな作家の作品、カバーやあらすじを見て気になった作品については片っ端から読んだ。

ポップを書いた本の記憶もよみがえってくる。これを売りたい、と強く思った本のポップは、力をこめて書いた。とくに、あまり聞いたことがない作品で良いものがあると、自分が見つけたような気がして、なんとしてでも売りたくなる。

カバーの裏にあるあらすじや、帯のコピーを見て発想することもあるけれど、自分なりの推しポイントを考えるのが楽しかった。通勤途中や休み時間、単純作業をしながら……。空いている時間はそんなことばかり考えていた気がする。

ほかの店員にも読んでもらって反応が良いときは、少し大きなポップを作ったり、特別な装飾を作らせてもらったこともあった。それで売れ行きが伸びると、やった、という気持ちになる。

そういえば、パン屋さんの話もあったっけ。『雨の日のベーカリー』。シリーズもので、店が閉まる少し前に四冊目が出た。

舞台は東京郊外の商店街にある「雨の日」というちょっと変わった名前の小さなパン屋さん。パンとスープを食べられるイートインスペースがある。主人公は男子高校生で、商店街の近くの高校に通い、文芸部所属。学校帰り、部活の仲間とよくこの店に寄る。

店主はちょっと謎めいたところがある中年の男性。この店に立ち寄る主人公と部活の仲間、クラスの友人、先生などの悩みや人間模様を描きながら、店主がなぜパン屋をはじめたのかもだんだんわかってくる。

もともと会社勤めだったが、職を失い、生きる意味、働く意味を見失っていたとき、旅先でおいしいパンにめぐりあい、これと同じ味のパンを焼いてみたい、と決意。パン作りに励むうちに評判になって、パン屋さんになったのだ。

そのうち部員のひとりがパン屋でバイトしはじめ、将来パン職人になる決意をしたり、主人公の学校の先生がパン屋さんと交際をはじめたり、お店のはいっている建物が取り壊されることになり、引っ越しを考えなければならなくなったり……。

物語もおもしろいのだが、登場するパンがすごくおいしそうで、読むたびに食べてみたいなあ、と思っていた。「雨の日」のパンは天然酵母を使っていて、ずっしり重くて、しっとりもっちり。噛むほどにじんわり染みてくる奥行きのある味らしい。

作中に出てきた「パンは単なる食べものじゃない。しあわせが形になったようなものじゃないと」という店主の言葉がいまも心に残っている。

そういえば今度行くパン屋さんも天然酵母を使っている、って言ってたな。この前食べたケークサレもすごくおいしかった。どんなお店なんだろう。どうしてそのお店をはじめたんだろう。なぜパンだったんだろう。

ポップのこと、役に立てるかわからないけれど、なんだかすごく興味が出てきて、パン屋さんに行く日が楽しみになっていた。

2

千代田線で町屋駅まで行くと、改札口の外で鈴代さんが待っていた。

「今日はわざわざありがとう」

「いえいえ。お役に立てるかわからないんですけど……」

「ううん、大丈夫。一葉さんが来てくれる、って言ったら、大橋《おおはし》さん、すごく喜んでた」

鈴代さんがにこにこ笑う。

「あ、ごめん、大橋さんって、パン屋さんの名前なんだ。奥さんのカナちゃんがわたしの大学時代のゼミの同期なの。長野の山あいの町の出身で、大学卒業したあと地元に戻って家業の手伝いをしてたんだけど、もともと大学で同じサークルだった大橋さんが近くのパン屋で修業しているあいだに結婚することになって……」

都電荒川線に沿って歩きながら鈴代さんが言った。

「大橋さんは最初はそのパン屋で働いてたんだけど、出身は東京なんだよね。いまから行くパン屋さんがお祖父さんの家で、前は下で金物屋をしてたんだけど、店を閉じてからはテナントに貸してたらしいの。でもそのお店が出て一階が空いたらしくて……」

「それでそこでお店を？」

「そう。大橋さんもうひとりだちできるところまで来てたし、独立してここでお店を開くことにしたんだって。それでカナちゃんもまた東京に戻ってきたの。わたしのところにも開店のお知らせが来て、うちからそんなに遠くなかったから、来てみたのね」

「鈴代さんのお家、この近くなんですか？」

「近くはないかな。うちは王子《おうじ》なの。飛鳥山《あすかやま》公園の近く。でも都電一本で来られるから」

　がたんごとんと音がして、都電荒川線の小さな車両が線路を走って行く。思わず目で追ってしまった。都電を見るのは久しぶりだった。

　道路の上を電車が走っていく。なんだかのんびりしていて楽しそうで、ちょっと乗ってみたい気がした。そういえば、むかしはうちのあたりにも都電が走っていた、って祖母が言っていたような。

「都電、楽しいんだよ。ふだん通勤には使わないけど、休みの日に乗ったりする。ちょっとした遠足気分だよ」

　わたしが都電をながめていることに気づいて、鈴代さんがそう言った。鈴代さんの言葉は、しゃべっているときでも語尾にハートや星や絵文字がついているような気がしてしまう。

「あ、あそこあそこ」

鈴代さんが指差した先を見ると、建物の前に電飾スタンド看板が出ていた。オーソドックスな形で、アルミに囲まれた白いアクリル板に「パンとバイオリン」と書かれている。パンとバイオリン……。素敵な名前だ。この前の連句会で鈴代さんにショップカードをもらったときもそう思った。

昭和っぽい古い建物の一階で、一階は店だけど、上は住居のように見える。

「店は閉じたけど、いまもお祖父さんたちは上に住んでるみたい」

建物は古いが、レトロな感じを活かしていて、すごくおしゃれだ。

「素敵ですねえ」

「そうなの。改装費を安くあげるためにけっこう自分たちでしたらしくて、なかの漆喰も自分たちで塗ったんだって。ただ、まわりにあんまりこういうお店、ないでしょう？　それで苦戦してるみたいで……」

お店の手前で、鈴代さんが小声で言った。

たしかに、古い建物を改装していい感じに仕上げたお店があるのってかぎられた場所だけじゃないだろうか。谷根千《やねせん》と呼ばれるうちのあたりもこういうお店がわりとあるし、神楽坂や中央線沿線には多いって聞くけど……。

「こんにちはあ」

鈴代さんがガラス戸を開ける。金物屋だったころのむかしの戸を活かしているみたいだ。好きな人は好きだろうけど、一般受けするのかはよくわからない。なかにはいるとバイオリンの曲が流れていた。

お客さんはいない。壁は白の漆喰。少しでこぼこしているところがあるのは、自分たちで塗ったからなんだろう。パンを置く棚は黒のスチールに濃い色の木の板。システム収納のラックを組み立てて作ったものみたいだ。

棚には大きめのトレイに載った食パンやバゲット。プレーンな冷蔵ショーケースのなかにはお惣菜とサンドイッチがならんでいる。店の真ん中の大机にはカゴにはいった小さなパン。この前のケークサレもカゴにはいって積まれていた。

レジの奥の壁は一部ガラス張りになっていて、奥のパン作りの現場が少し見える。その前に置かれたレジ用の机に向かって、女性がひとり、なにか作業をしていた。

「あ、鈴代ちゃん。来てくれてありがとう」

女性が顔をあげ、立ちあがった。黒い三角巾、黒いTシャツ、黒パンツに麻みたいな生地のエプロン。

「いえいえ〜。こちらがこの前お話しした豊田一葉さん」

鈴代さんがにこにこ笑いながら答える。この人が鈴代さんの大学時代のお友だちってことなんだろう。

「わざわざありがとうございます。わたし、鈴代さんの大学時代の友人で、大橋カナって言います。今日はよろしくお願いします」

カナさんが深々とお辞儀する。

「この前鈴代さんからいただいたケークサレ、すごくおいしかったです。お店のパンも、どれもおいしそうですね」

「ありがとうございます」

「わたし、ほんとに書店のポップしか書いたことがないんです。だからお役に立てるかわからないんですけど……」

「写真を見せてもらって、すごくいいな、って思ったんです。その本のよさがちゃんと伝わってくる、って言うか……」

カナさんはそこで詰まった。

「わたし、文才みたいなものがまったくないんです。鈴代ちゃんみたいにえーと、短歌？　俳句だったっけ？」

「連句だよぉ」

鈴代さんがにこにこ笑いながら言った。

「あ、そっか。連句。そういうの作れるのってすごいなあ、って……」

「連句は……ひとりでやるんじゃないからできてるだけ。まわりの人はすごいけど、わたしひとりじゃ全然できない」

「それでもすごいよ。広告代理店に勤めてるからかなあ。とにかく、わたしはあんまり本を読む方じゃないんですけど、一葉さんのポップを見てたら、おもしろそう、読んでみたい、って思いましたし……」

「そうだよね。わたしも思った。一枚一枚ちゃんと考えられている、っていうか……。自分で感じたことが書かれてる、って感じ」

「あれ、全部一葉さんが書いたんですか？　いろんなタイプの字がありましたけど」

「はい。全部わたしが書きました。本のイメージに合わせて変えてるんです。かわいくアピールした方がいい本とか、インパクトで押した方がいい本とか……。はじめは勢いのある字を書くのは苦手だったんですが……」

同じ店に、すごく勢いがある字を書く男性の先輩がいた。書きはじめの文字が大きすぎて、最後の方の字が入りきらずにちょっと小さくなったり詰まったりすることもあったが、それで逆にインパクトが出たり。

入社した当時はその豪快さにびっくりしたが、先輩がポップを書いた本はなぜかよく売れた。きれいにまとめるだけじゃダメなんだ、と思った。先輩の字を真似ることはできないが、筆ペンを使うことで自分なりに勢いを出せるようになった。

「なるほど。内容とデザインがセットになってるんですね」

カナさんがつぶやく。

「わたしたちはデザイナーじゃないですし、むずかしいことはできないんですけど……。ほら、書店って、本がたくさんならんでるじゃないですか」

「そうだね、本ばっかり」

鈴代さんが微笑む。

「本のカバーってちゃんとデザインされたものばかりですよね。それがずらっとならんでいるから、手描き感満載のものの方が目立つのもあるかも……」

「なるほど……」

カナさんがうなずく。

「ところで、カナさんはわたしのポップでどういう文字のものがよかったですか？今日はもう少し写真をまとめてきたんですけど……」

スマホを取り出し、写真のなかのポップのアルバムを開いて差し出した。カナさんが受け取り、鈴代さんとふたりで写真をめくりはじめる。

「これもいいですし、これも……」

「これもおもしろいよ。あ、でも、このお店で使うとしたら、ってことだよね？」

鈴代さんが訊いてくる。

「パン屋さんに置くとしたらまたそれはそれで考えた方がいいと思うので、とりあえず好み、ってことで大丈夫です。五つくらいあげてもらってもいいですか」

「好み……」

「うーん、そうだなぁ。わたしは……」

なぜか関係ないのに鈴代さんも一生懸命スマホの画面をのぞき、写真を指で追っている。ふたりがスマホをながめているあいだに、わたしは店のなかを見まわした。

棚のパンにも、大机のパンにも、パンの名前と値段だけが印字された小さな札が置かれている。目立たないけど値段はわかるし、おしゃれな雑貨屋さんみたいな感じだ。

鈴代さんの言いたいことがわかる気がした。たしかに、ちょっとおしゃれすぎるかもしれない。パンの値段はそこまで高くないのに、店構えだけ見ると、個性的で高そうと思われてしまうかも。

「選び終わりました」

カナさんの声がした。

「わかんなくなっちゃうといけないから、勝手にアルバムにまとめたよ。カナちゃんのは『カナ』ってアルバムにはいってるから」

鈴代さんが言った。

なるほど、たしかにスクロールするのではあとで見返しても思い出せないし、アルバムにまとめておけば便利だ。不要になったら消せばいい。鈴代さん、ふんわりして見えるけど、要領がいい人なんだな、と思った。

スマホを見るとカナのほかに「鈴代」というアルバムもできていて、作ってどうする、と思いながら、鈴代さんのお茶目さに笑いそうになった。


カナさんの選んだものを見ると、予想とは少しちがっていた。シンプルでシックなものを選ぶのかな、と思っていたのに、親しみやすくてほっこりした雰囲気のものがほとんどだった。

「へえ、カナちゃんはこういうのが好みなんだねえ」

写真を見ながら、鈴代さんが首をうんうん、と縦に振った。

ちなみに鈴代さんはわりと尖《とが》った感じというかエッジが効いてる系の文字のものを選んでいた。鈴代さんはこういうのが好きなのか……。これはこれで意外な気がしたが、とりあえず横に置く。

「内装がシンプルになりすぎちゃって……。夫と相談して、わたしたち素人の腕だとこれがいちばん失敗がなさそう、ってことでこうなったんですけど」

なるほど。シンプルでおしゃれな雰囲気を目指したわけではなくて、技術的な問題でこうなった、ということか。

「カナちゃんとこのパンには合ってる気がするよぉ」

鈴代さんが言った。

「でも、ちょっと気取りすぎな感じかな、って。もっと地元の人に親しんでもらえるような、庶民的な雰囲気にしたいんです。自分でもこういうポップを書いてみようと思ったけど、字が下手だし、文章も思いつかなくて……。それで結局この形に落ち着いちゃったんです」

「そうだったんですね。プリントされたきっちりした文字がお好きなのかと……」

「わたしの字よりはその方がマシかな、って。もうちょっとなんとかしなくちゃ、と思いつつ、ほかの仕事が忙しいし、結局ずるずるそのままになっちゃって……」

カナさんが苦笑いする。

「たしか大橋さんはお店をはじめる前にどこかの町で修業されていたんですよね。そこはどんなお店だったんですか？」

お店のことを知りたくなって訊いてみた。

「夫が働いていたのは『パンの歌』っていうお店だったんです。長野の山あいにある町の店で……」

「その町にカナちゃんの実家があるんだよね」

鈴代さんが言った。

「そうそう。そこで知り合いがはじめたお店なんです」

カナさんの話では、「パンの歌」を営んでいるのは地元出身の五十代の女性。以前は東京で働いていたが、いろいろあってひとり娘とともに実家に戻り、土間付きの古民家である実家の一部を改築してパン屋にしたらしい。

天然酵母を用いたパンは地元でも評判で、古民家の土間を改装して作ったカフェには観光客が訪れるようになり、けっこう繁盛しているのだそうだ。

女性の夫はバイオリニストだったが早逝、「パンの歌」というのは夫が生前に作曲したバイオリン曲の名前らしく、店内にはいつもバイオリンの曲が流れていた。

「あ、じゃあ、もしかしてこの曲も……?」

店にはいったときから気になっていた。バイオリンといってもクラシックではなく、少し軽い感じの知らない曲だ。

「そう。これもその曲です。わたしたちもこの曲が好きで、だから店名も『パンとバイオリン』にしたんですよ」

「そうだったんだ……知らなかった。なんだか素敵……」

鈴代さんが息をつく。

「夫とは大学時代のサークル仲間でしたが、大学時代は別につきあってたわけじゃなくて……。わたしの実家は長野で小さい宿をやってて、大学出たあと家を手伝うために帰ったんですけど、夏にサークルの同窓会旅行でみんなが泊まりにきたことがあったんです。そのとき『パンの歌』に連れていったら、夫がなぜかいたく感激しちゃって……」

「へえぇ。そんなことがあったんだぁ」

鈴代さんがうんうん、とうなずく。

「なんだか、仕事がうまくいってなかったみたいで。それでその旅行のあとも休みのたびにやって来て、通い詰めているうちに『パンの歌』に弟子入りするって話になって、東京の会社を辞めて来ちゃった、っていう……」

「それってほんとはカナちゃんのことが好きだったからなんじゃない？」

鈴代さんがにこにこ顔で言った。あっと思った。鈴代さんはずばっといくなあ。

「え、それは……。そんな話は聞いたことないけど……」

カナさんがあせったように口ごもる。

「大橋さん、口下手だからなあ」

鈴代さんが笑った。

「それはそれとして……。一葉さん、ポップ、お願いできないかな？」

鈴代さんが急にこっちを向いた。

「え、ええ、はい……。うまくできるかはわからないですけど……」

勢いにのせられて、ついそう答えてしまった。

「よかった、やったねぇ、カナちゃん」

鈴代さんがかわいくガッツポーズをする。

「まずはパンの説明を聞かせてもらってもいいですか？　それでいくつか案を作ってみて、そのなかから選んでもらうのはどうでしょう？」

「いいんですか？　お手間を取らせてしまいますが」

「お話をちゃんと聞かないとイメージがわきませんし、わたしにとってもはじめてのことなので、いくつかの案から選んでもらった方が安心なんです。あ、ひとつひとつのパンもですが、このお店のパン作りについてもうかがえれば……」

「わかりました。そしたら、まずこちらに出ているパンの性質やなかにはいっているものについて説明しますね。いちおう、一葉さんのために一覧表を作っておいたんです」

カナさんはレジの横のプリンタから紙を数枚持ってきて、差し出した。その紙を見ながら、棚に置いてあるパンについてひとつずつ説明してもらった。パンに使っているクルミや干し葡萄、杏やイチジクは全部カナさんの実家の町で採れたものらしい。

「パン種の発酵には天然酵母を使ってます。『パンの歌』で習って、干し葡萄から起こして……」

「起こす?」

「ええ、天然酵母って、ふつうの食品のなかに眠っている菌を活性化させたものなんです。活性化することを『酵母を起こす』って言うんですよ。酵母を買った場合もまず起こさないといけない。干し葡萄は早く発酵するので、扱いやすいんです」

酵母を起こす。はじめて聞く言葉だった。メモを取りながら、酵母は生き物なんだな、と感じた。発酵と腐敗は原理的には同じこと、って聞いたことがある。生き物の働きで小麦が変化してふくらんで、それを焼くとパンになる。だれが発見したのかわからないが、不思議なことだ、と思った。

3

お昼はお店の小さなイートインスペースでサンドイッチを食べた。

ローストビーフと野菜のサンドイッチとタンドリーチキンのサンドイッチ、二種類を切ってもらって、鈴代さんと半分ずつ分けた。具もとてもおいしかったが、とにかくパンの味が深い。

サンドイッチのほか、鈴代さんおすすめのクルミとイチジクのパン、オレンジとチーズのパンも半分ずつ食べた。具材の組み合わせもおもしろいし、パンにも独特の風味があって、複雑な味わいだ。

「おいしいですねえ」

感動で思わず声が出る。お昼になるとお客さんもちらほらやってきたが、こんなにおいしいならもっと売れていいはずだ。ポップでなんとか役に立ちたい。食べながらあれこれ鈴代さんと相談した。

カナさんから、ポップにはパンの名前だけでなく、味の説明を入れてほしい、という要望もあり、味見のためのパンを何種類かいただいて店を出た。鈴代さんは地下鉄の駅の入口まで送ってくれ、じゃあまた次の連句でね、と言って別れた。

電車のなかで、鈴代さんはいまごろ都電に乗っているのかなあ、と思った。わたしもちょっと乗ってみたかったなあ。どうせ時間はたくさんあるんだし。そうだ、暇なんだから、ポップの視察のためにパン屋をいろいろのぞいてみよう。

根津に戻ってからうちの近辺のパン屋をめぐり歩き、ポップを見てまわった。パン屋さんのポップは黒いプレートに白い文字で書かれていることが多いんだ、とはじめて気づいた。パンはたいてい茶色だし、黒いプレートの方が目立つのかもしれない。それになんとなくヨーロッパっぽい。店名が洋風のお店はパンの名前も洋風で、アルファベットの筆記体で書かれていたり。

洋書の店は別かもしれないけど、こういうポップは本屋にはあまりない。わたしも書いたことがない。黒いプレートに白い文字でも、ふつうに日本語の手書きの文字の店もある。それはそれでおしゃれだし、これなら作れそうな気がする。

でもこれでいいのかな。もっとあの店にぴったりくる形、あの店ならでは形があるような気もするけど……。

とりあえず、紙と筆記用具が必要だ。書店勤務のときは材料も道具もだいたい職場にあった。コピックと筆ペンは持っているけど、紙はない。

それでもう一度地下鉄に乗って新御茶ノ水《しんおちゃのみず》まで出た。画材店でいろいろ悩んだ末、黒い紙のほかグレーやベージュなどの紙も何種類か買った。

家に戻ってから、まずはパンの説明文を作ってみることにした。ケークサレと、今日食べたクルミとイチジクのパン、オレンジとチーズのパン。パソコンを立ちあげ、ワープロソフトを開いてみたが、すっと言葉が出てこない。

はたと指が止まった。考えてみると、これまでわたしが作っていたのは本のポップだ。本は言葉で書かれている。本の言葉から発想したり、本に出てくる言葉を引用したりすることもできた。だがパンにはどこにも言葉なんか書かれていない。

これは……むずかしい。材料はともかく、味を言葉にするってどうするんだ？　香りや食感、あと材料も入れて……。しかもそんなに長くできない。今日見てきたパン屋さんのポップはどれも長くて三行くらいだった。

ううむ……。いきなりつまずいてしまい、椅子の背にぐっともたれる。今日まわったパン屋のポップを思い出す。さすがに店内で写真を撮るわけにもいかなかったが、メモだけでも取っておけばよかった。

まず、連句の席で感動したケークサレ。あれから考えよう。パウンドケーキみたいなのに、甘くない……野菜がたっぷりはいっていて軽食になる……？

ケーキなのに甘くない？　いや、鈴代さんが言ってた「甘くないケーキ」の方が短いし、わかりやすい。ぼんやり野菜って書くよりちゃんと種類を書いた方がイメージが浮かぶか。カナさんにもらった材料の表を取り出して見る。

甘くないケーキ！　パプリカ、ズッキーニ、かぼちゃなどの野菜とベーコンがたっぷりで、軽食にもぴったり。

お、これでいいかも。ちょっと要領がつかめてきて、クルミとイチジクのパン、オレンジとチーズのパン、サンドイッチ二種類についての文章を作った。

今日は父も母も帰りが遅いようなので、夕食ももらってきたパン。鶏肉とキャベツでスープだけ作って、ひたすらパンを食べる。だがどれもおいしくて、全然飽きない。ナッツと香辛料のはいったパン、オリーブの実がはいったパン。

メモを取りながら食べ、食事が終わるとすぐパソコンに向かう。二時間ほど作業して、試食したパンのコピーがすべてできあがった。そのままカナさんに送るのはちょっと気が引けて、まずは鈴代さんに送って、お風呂にはいった。

久しぶりに外を歩きまわったし、はじめての人と会って話したり、これまで知らなかったことを聞いたりで、予想以上に疲れていた。でもなんだか充実していた。

お風呂から出ると、鈴代さんからメッセージが返ってきていた。

――もうできちゃったの？　すごーい☆　説明文、読んでみたよ。わかりやすいし、おいしそうだし、すごくいいと思った。さすがだね♡　これでカナちゃんに訊いてみよっか？

☆や♡のはいったメッセージがこれほど似合う人はめずらしい。

――よろしくお願いします。

わたしも返事に☆をつけてみようかと思ったが、やっぱり無理だった。

翌日のお昼ごろ、鈴代さんからメッセージが来た。

――カナちゃん、説明文おっけーだって(^^)/　こんなに早くできるなんて、ってびっくりしてた。ありがとう☆　これで進めてもらって大丈夫でーす♡

鈴代さんのメッセージを見るとなぜかいつも和む。絵文字や記号がついてるから、というだけじゃなくて、文体のせいなんだろうな、と思った。

OKが出たので、さっそくポップ作りにとりかかる。まずはパン屋さんに多い、黒い紙に白いペンを試してみる。何枚か練習して、なんとなくそれっぽいものはできた。だけどこれでは一味足りない気がした。

まあ、あくまでも主役はパンだから、ポップにそこまで特色をもたせなくてもいいんだろうけど……。けど、ある程度は目立たないと。それになんだかこの感じ、あの店の雰囲気とちがう気がする。

なんだろう？　どうすればいいんだろう。いっしょに買ったグレーやベージュの紙をながめる。よく考えたら、パンと似た色だからベージュは使えないなあ。じゃあ、いまある紙だとグレー。どんな文字にしたらぴったりくるんだろう。

じっくりとあの店のことを思い出してみる。パンとバイオリン。店内には明るい感じのバイオリンの曲が流れていて……。あれはパン作りの修業をした古民家パン屋さんゆかりのものだと言ってたっけ。山あいの町の、土間にカフェがあるパン屋さんか。

そうか、もうちょっと和の雰囲気でもいいのかもしれない。パンは洋風だけど、あの建物もまわりの雰囲気も、その方が合いそう。だったら筆文字はどうだろう。居酒屋みたいになっちゃダメだけど、ある程度人間味のある書体で……。

まわりには高齢者も多いみたいだから、説明の文字も大きめにしたい。となると紙もある程度大きくして、テーブルの上にちょこんと立てるんじゃなくて、ポップスタンドを使って商品の上に掲げる感じ。紙を大きめの長方形に切り、上半分に商品名、下半分には細めの筆で商品説明を入れることにした。

筆ペンじゃなくて、ちゃんと筆で書こう。久しぶりに墨をすり、グレーの紙に向かう。墨の匂いがぷんと漂って、気持ちが引き締まった。筆を使うのは久しぶり。緊張しながら書きはじめる。

細筆で説明を書いたあと、横に小さくパンの絵も入れた。

あ、なんか、これいい感じ。あんまり見たことない形だし、あの店の雰囲気とも合ってる気がする。

いくつか紙の大きさと形を変えて作り、黒いポップとともにカナさんに送った。

数日後、カナさんからメッセージが来た。グレーの紙に毛筆で書いた形をすごく気に入ってくれたらしい。

紙や文字の大きさを決め、制作にかかった。材料も買い足さなければならず、すべてのパンのポップを作るのに数日かかった。できあがったものをならべるとなかなか壮観で、記念に全体を写真におさめてから「パンとバイオリン」に発送した。

4

連句の日がやってきた。今月のお菓子は言問団子。バスで向島に行き、箱入りの三色のお団子を買った。

米粉を餅状にした小豆あんと白あんで包んだ団子、白玉粉を餅状にしたものを黄色にしてなかにみそあんを入れた団子。ここのお団子は串に刺さっていない。まん丸いお団子がきれいに箱のなかにならんでいる。

それから池上本門寺《いけがみほんもんじ》の近くにある池上会館へ。蒼子さんの話によると、東急池上線の池上駅からでも、この前梅園に行ったときの西馬込駅からでも歩く距離はそんなに変わらないらしい。それで、押上から都営浅草線で西馬込に行くことにした。

坂をのぼり、坂をくだり、また坂をのぼる。坂の多い地形だ。最後の坂は庭園と斜面にはさまれていて、両側の高い木々が新緑でうつくしかった。墓地を通り抜け、屋上庭園のある建物に屋上からはいって、エレベーターで下に降りる。

　会場は本館二階の会議室。なかなか大きくて立派な建物だ。会議室にはいると、もう人が集まっている。今日は少し人数が多い。悟さんはお休みだが、航人さん、桂子さん、蒼子さん。陽一さんと鈴代さん、蛍さんが給湯室に行っているらしい。

　ポットと急須と湯呑みを持って、鈴代さんと蛍さんが部屋に帰ってきた。

「あ、一葉さん、この前はありがとう。カナちゃん、すっごく喜んでた。ポップ、評判いいみたいだよぉ。ポップを読んで買った人がほかの人にも紹介してくれたりして、お客さん、少しずつ増えてるみたい」

「ほんとですか？」

「今度、一度行ってみよう。謝礼もお支払いしたい、って」

　鈴代さんがにこにこ顔で言った。

「え、もしかして、一葉さんのポップ、使うことになったんですか？」

　蛍さんが訊いてくる。

「そうなのぉ。すっごく素敵なポップなんだよ」

「そうなんですか。わたしも見てみたいです」

「じゃあ、今度写真持ってくるね」

　鈴代さんはそう言って、ポットを机の上に置いた。

「すみません、運ばせちゃって。手伝います」

陽一さんが鈴代さんたちに近づく。

「あ、もうお茶は急須にはいってるんで……。いま淹れますから、湯呑みをみなさんにまわしてもらえますか？」

鈴代さんはにこにこ答えながら急須からお茶を注いだ。


お茶が行き渡り、連句がはじまった。五月なので、今回は夏の句からだ。

みんなが短冊に向かいはじめたところで、もうひとり男の人がはいってきた。この前お休みだった直也さんだ。部屋のなかがしんとしているのを悟り、すみません、としきりに頭を下げながら隅の椅子に座った。

発句は新緑を詠んだ桂子さんの句、脇には蒼子さんの句が付いた。ベランダが夏の季語と聞いて、鈴代さんや蛍さんといっしょに、そうなんだ、おもしろい、と声をあげた。

第三は陽一さんの句。

夏木立光の玉が揺れてをり　　桂子
ピアノの音の響くベランダ　　蒼子

永遠のような数式書いていて　陽一

『永遠のような数式』……すごい発想ねえ。さすが理系」

桂子さんが感心したようにうなずく。

「まあ、僕がふだん書いているのは数式じゃなくて、コードっていうか、プログラムなんですけど……。前がカタカナだからここはそうじゃない方がいいかと思って」

「そうですね、コードやプログラムも新味があっておもしろいと思うけど、この句は数式でまとまってるからこのまま行きましょうか」

航人さんが言った。

「プログラムを書いている、ってことはコンピューター関係のお仕事ですか？」

気になって訊いた。

「あ、一葉さんは陽一さんはじめて？」

蒼子さんがこっちを見る。

「最初の会でもお目にかかってるんですけど、ちゃんとごあいさつしてなくて」

「そっか、あのときは自己紹介なかったもんね」

蒼子さんが笑った。

「そうでしたね。僕はいわゆるSEで、自営でやってます。ただ、もともと本好きでしたし、コンピューター関係の話ばかりの生活に疲れてしまったところもあって、それでたまたま蒼子さんがツイッターで開催していたオンライン連句会を見つけて、参加して……。その流れでこちらに誘っていただいたんです」

「そうでしたねえ。あのときの陽一さんの句、よく覚えてますよ。『月の砂拾い集める探査ロボ』。理系っぽいなあ、こういう月ははじめてだなあ、って」

蒼子さんが言った。

「おもしろいですねえ。やっぱり、あたらしい人が来ると、あたらしい月が出る。空の月をながめてるんじゃなくて、月の上にいる。芭蕉さんが聞いたらびっくりするでしょうね。時代はどんどん変わっていくんだなあ。さて、じゃあ、四句目。まだ付いてない人は句を作ってくださいね」

航人さんの言葉に、あわててあたらしい短冊を取る。

永遠のような数式か……。どんな句がいいんだろう。なにも思いつかないうちに、遅れてやってきた直也さんがさらさらっと句を書いて、航人さんの前に置く。

「あ、これもいいですね。じゃあ、ほかになければこれでいきましょう」

航人さんが蒼子さんに短冊を渡す。蒼子さんはホワイトボードに句を書き出した。

夏木立光の玉が揺れてをり　桂子
　ピアノの音の響くベランダ　蒼子
永遠のような数式書いていて　陽一
　古い線路の先を見つめる　直也

「古い線路……」

　これも素敵な句だなあ、と思ってつぶやいた。

「直也さんの息子さんが鉄道マニアなんですって」

　蒼子さんが言った。

「あ、そういえば直也さんも一葉さんに自己紹介、まででしたよね」

「そうでしたね。この前はあわただしくて……。すみません、わたしは神原《かんばら》直也と言います。悟さんが通っているカルチャーセンターに勤めてまして……」

　直也さんは「文芸・歴史」分野の企画部にいて、悟さんの短歌の先生である歌人、川島久子さんの担当をしているらしい。

　数年前、久子さんと打ち合わせをしていたとき、自分も短歌や俳句に興味がある、作ってみたいとは思うがきっかけがなくて、と話したところ、連句というものがあると教えられ、「ひとつばたご」を紹介されたのだそうだ。

「最初は久子先生に連れられてお邪魔したんです。単に連句について勉強しよう、おもしろそうならうちの講座にも、なんて仕事目線でうかがったんですが……。気がついたらいつのまにか短冊に向かって句を考えてまして……」

直也さんが苦笑する。

「すっかりはまってしまいまして、次はひとりでうかがって、以来ずっと寄せさせてもらってます。といっても、まったく上達しなくて、式目もいまだにあやふやなんですが」

「そぉんなことないじゃないですか。直也さん、文学におくわしいでしょう？」

桂子さんが笑う。

「いいえ、耳学問とネットで得た生半可な知識ばかりですから。それに言葉のセンスがどうにもこうにも。この年になると感受性もすっかり錆びついてしまって……。ああ、息子の話でしたね」

「そうそう。小さいころから電車好きだったんですよね。息子さん、いまおいくつでしたっけ？　小学校五年？　六年？」

蒼子さんが訊く。

「五年です。いや、ほんと、鉄道好きがどんどん高じてきて……。幼稚園のころは男の子はみんな一度は乗り物にはまるみたいですけど」

「わたしの孫もみんな好きだったわねぇ。電車の子もいたし、バスや飛行機の子も。でも、みんなどれかひとつよね。電車もバスも、っていう子はあまりいない」

「そうなんですよね、不思議なことに。でもたいていどこかで卒業してくんですけど、うちのは筋金入りの鉄道オタクになってきました。完全な乗り鉄です」

「乗り鉄？」

蛍さんが訊いた。

「鉄道マニアにもいろいろあるんですよ。列車に乗るのが中心の『乗り鉄』、列車の写真を撮る『撮り鉄』。『模型鉄』なんて人もいます。うちのはいまのところ乗り鉄。自分で本を読んで調べて、今度はこの列車に乗りたいって言い出すようになって。家族旅行に行くときも、下の娘も退屈しないようにほかの観光地と組み合わせつつ、列車に乗れるように計画しなくちゃならなくて」

「それは大変ですねえ」

蒼子さんがくすくす笑う。

「しかも最近は廃線に興味を持ちはじめちゃって。いまは北海道の廃線のことを調べてるんですよ」

「ああ、北海道は廃線が多いですからね」

陽一さんがうなずいた。

「そうなんです。それで北海道の廃線に関する本を買ったら、ずいぶん読みこんでるみたいで、いつか北海道の廃線跡を訪ねてみたいって言い出していて」

「すっごぉい。小五でそこまで？　しっかりしてますねぇ」

鈴代さんが感嘆の声をあげる。

「いや、鉄道以外のことは全然なんですけれども……」

「でも、いいですよねぇ。廃線跡はやっぱりロマンがある」

陽一さんが腕組みしてうなずいた。

「さあ、ではそろそろ次にいきましょうか」

航人さんの声でみな我にかえる。

「発句、脇が夏。第三で夏を離れて季節なしが二句続きました。次は月の座です。季語の世界では、ただ『月』といえば、それは秋の月をさします。だから、ここから季節は秋になります」

航人さんが言った。「月の座」と「花の座」。どうして月と花なのか。ずっと不思議に思っていたのだが、句を考えるので精一杯で、言われるままに作っていた。だがやはり気になる。

「あの、すみません」

思い切って訊くことにした。

「月の座とか花の座ってなんなんですか？　なぜ月と花なんですか？」

わたしがそう訊くと、蛍さんや陽一さん、鈴代さんがふんふんとうなずく。

「やっぱ、そこ、だれでも気になるよねぇ。わたしもはじめてのころ、同じこと訊いたもん」

鈴代さんが笑う。

「わたしもです」

蛍さんもうなずく。どうやらみんな通る道ということらしい。

「月と花の定座。むかしから月と花がもっとも賞美の対象だった、ということなんだけど、いまの人はそう言われてもぴんと来ないかもしれないですねえ」

航人さんがうなる。

「わたしもツイッター連句で訊かれました。うつくしいものはほかにもいろいろありますしね。それに月もいつも空にあるのに、なぜ月といえば秋なのか。それもちょっと納得いかないかもしれないですね」

蒼子さんが言った。

「古来、和歌・俳諧の題材には『五箇《ごこ》の景物《けいぶつ》』というものがあって、これは、花、時鳥《ほととぎす》、月、雪、紅葉を指していた。一方、『連歌本式《れんがほんしき》』という書物では、雪、月、花、郭公《ほととぎす》、寝覚《ねざめ》を景物として重んじている。寝覚というのは恋のことです。そのあたりが変化して、春は花、夏は時鳥、秋は月、冬は雪、そして、恋すなわち寝覚が重んじられるようになったということのようです。月、花、恋を重んじるのはその名残なんですね」

「花はわかりますけど、月より雪の方が特別感がある気がするんですけど」

蛍さんは納得がいかない表情だ。

「いまの実感としてはそうかもしれないですね。でも、むかしの人は陰暦を使っていたでしょう？　だから月の形がカレンダーみたいなもので、いまよりずっと生活に密接に結びついていたんですよ」

「ああ、そうか、暦……。それがあったか」

陽一さんが悔しそうに言った。

「いまは楽しいこと、うつくしいものがほかにもいろいろあるけど、連句を続けていると月と花は別格に思えてくる。月もいつも空にあるのがいいんです。あれだけ大きなものがいつも空に浮いている。曇っていれば見えないし、満ち欠けがあるから形も変わるし、出ている時間も毎日変わる。昼間でひょっと気づくと青空のなかにうっすら浮かんでいる。そうすると、なんだかはっとするんですよね。むかしだれかが作った句がふっとよみがえってきたりして……」

航人さんがつぶやく。

「むかしからの言葉の蓄積が大切なんですね」

蒼子さんがうなずく。

「なぜ太陽じゃなくて月なのか、雪じゃなくて花なのか。一日の時間の流れだけなら太陽でもいいけど、月は満ち欠けがあるから月単位の時間を感じられるし、花はやっぱり生きているからかな。ともかく、むかしからそうやって重んじられてきたものだから、月や花の句を詠むことは一種の名誉だったんですよ」

「名誉?」

「そうそう、だから連衆がみんな譲り合ってなかなか月花の句を出せない。ぎりぎり最後の長句で花を出す、ということになりがちで、それでだんだん定座が決まっていったという説もあります」

「でも航人さんは、連句は全体の構成はなくて、前の句に付け、前々句と離れるという運動だけでつながっていく、とおっしゃってたじゃないですか。月、花だけ固定の位置がある、っていうのが、それと矛盾している気がするんですけど」

陽一さんが言った。

「東明雅先生の『連句入門』には、一貫した思想を持たない俳諧に構成意識を持たせるため、みたいなことが書かれてましたよね?」

直也さんが言った。

「蕉門俳諧では定座はそこまで厳密じゃなくて、『月花の座定まる所なし』とか『月は出るにまかせよ、花は咲くにまかせよ』とも言われてた。定座より前に出すことを『引き上げる』、後に出すことを『こぼす』って言うんだけど、東明雅先生の式目でも、定座を固定しているわけじゃなくて、花の句については引き上げるのはよいがこぼすのはダメ、月は引き上げるもこぼすも自由、ってことになってる」

「そういえばときどき短句の月もありますね。なるほど、そういうことか」

陽一さんがうなずく。

「そう。流れで決まるから。このタイミングで月を上げなきゃ、ってというときもある。発句で月花いっぺんに出しちゃう、なんて離れ業もありますよ」

「ああ、『堅香子』で一度経験があります。びっくりしました」

蒼子さんが言った。

「月花はなしでいい、というルールで巻いてみたこともあるけど、やっぱりどうも締まらないんだよね」

航人さんが笑った。

「いつも花と月で飽きるんじゃないか、と思ってたけど、不思議と飽きないのよねえ。桜は毎年咲くけど、毎年きれいに見える。それと同じ。年をとってくると、どんどんきれいに見えるようになる」

桂子さんの言葉を聞いて、祖母と上野公園の花を見に行ったときのことがふわっとよみがえってきた。

——花を見ると、むかしの花を思い出す。そのときの気持ちを思い出す。あんなこともあったなあって。

祖母はそう言っていた。わたしもこの春、ひとりで上野公園に桜を見に行って、祖母といっしょに桜を見に来たことを思い出した。それが年を重ねるということなんだろうか。

「でも、句って五七五と七七で短いじゃないですか？　毎回『花』や『月』を詠んでいたら、似たようなものばかりになってしまいませんか？」

蛍さんが訊いた。

「そうそう、だからこそ腕の見せどころなんですよ。どんな連句でも月花は出る。だから月花であたらしさを出すのはむずかしい。でも不思議なことに、こうやって連句を続けてますけど、毎回必ず、これはあたらしい、って思う花や月が出てくるんですよねえ」

航人さんが笑った。

「あたらしい人があたらしい月花を持ってきてくれることもありますよね。陽一さんの『探査ロボ』の句とか。あたらしい月花。新鮮な言葉」

　蒼子さんがわたしたちの方を見る。なんだかプレッシャーを感じて、思わずうつむいてしまう。

「ずっと同じ町に住んでても、町もどんどん変わっていくでしょう？　古い人はむかしを引きずって風景を見るけど、若い人は全然ちがう受け取り方をする。そこがおもしろい。ちがう世代の人と話すのって、一種の冒険だと思うんですよ。別の見方を知るための。そうやって、知らないものに触れることで、あたらしい言葉が生まれる」

　航人さんが言った。あたらしい言葉。わたしもそんなものを生み出せるんだろうか。真っ白い短冊をながめ、鉛筆を手に取った。

5

　机に短冊がならんでいくが、航人さんはなかなか首を縦に振らない。まだ取られていない人の句を優先したいのかもしれない。わたしもまだだから、少しがんばらないと。

　もう句を取られた四人は呑気におしゃべりしている。わたしも早くあちらの仲間にはいりたい。横を見ると、蛍さんも鈴代さんも、なにか書いては消し、書いては消し、と苦戦している。

鈴代さんの横顔を見たとき、ふいに都電の線路沿いに立っていた「パンとバイオリン」のことを思い出した。前の句に線路が出てくるから、それに引きずられたのもあるかもしれない。都電は廃線じゃないけど、古い線路ではある。

「パン屋さんが線路沿いに建っていることまで書くと「付きすぎ」って言われそうだ。月とパン屋さんだけ書いて、線路沿いなんだと想像してもらう。そういうことでいいのかな、と思った。

月とパン屋さん……。五七五にするにはどうしたらいいんだろう。「バイオリン」が五音だから、店名をそのまま生かして、最後の五に持ってくればまとまるかな。月といえば秋だから、ほかの季語はいらない。最後を「パンとバイオリン」にして、その上に月を入れれば……。

まだけっこうはいるな。なにを入れればいいんだろう。指を折りながら短冊の上で試行錯誤する。上の五は「満月の」とか「三日月の」……。ああ、バイオリンだから「弦月の」がいいかな。それで、「パンと」が三音だから、上に四音。

弦月の照らしたパンとバイオリン

できた。バイオリンと月って相性が良さそう。でも、これだと店名だってわからないかな。カギカッコをつけるべき？　でもカギカッコをつけても店名だってことは伝わらないかも……。

「一葉さん、できたなら出してくださいね」

航人さんの声ではっとした。

「はい。でもちょっと気になってるところがあって……」

そう言いながら短冊を渡す。

「この『パンとバイオリン』ってお店の名前なんです。けど、これだと伝わらないかな、でもカギカッコつけても伝わらないかな、と思って……」

「ああ、きれいな句ですねえ。うーん、店名はね、固有名詞になっちゃうから、表六句では避ける、っていうルールがあるので」

「あ、そうでした」

そういえばこの前そんな話が出たような。表六句は神祇《じんぎ》、釈教《しゃっきょう》、恋、無常、述懐、病体、戦争、妖怪、人名、地名を避ける、ただし発句はなにを詠んでもよし、だったか。店名も固有名詞だからダメなのか。まだ全然頭にはいってないなあ。

「でも、この句は店名だと考えなくても成立しますよね。弦月がパンとバイオリンを照らす。いい句だと思いますが、ここでは取れない」

「そうですね、脇にピアノがありますもんね。打越じゃないけど、表六句に楽器ふたつは多すぎますね」

蒼子さんが言った。

「あ、ほんとだ。忘れてました」

「うーん、惜しいねえ。でも、パンと月はいいですね」

残念だが仕方ない。もう一枚短冊を取り、考え直す。

パン……パン……。

カナさんから聞いた話を思い出してみる。

——パン種の発酵には天然酵母を使ってます。『パンの歌』で習って、干し葡萄から起こして……。

——天然酵母って、ふつうの食品のなかに眠っている菌を活性化させたものなんです。活性化することを『酵母を起こす』って言うんですよ。

酵母を起こす……！

あのときはじめて耳にした言葉。指を折って数えると、ちょうど七音。これだ、と思った。これを真ん中の七に入れて、上五か下五に「月」を入れる？

やってみたが、なかなかうまくまとまらない。ちょっと発想を変えて、「酵母を」の「を」を抜いて「パン屋の酵母起こす月」としてみた。ほんとは酵母を起こすのは月じゃないけど、これは喩えってことで……。

これで七五はできた。あとは上の五音。これ以上要素を増やすとまとまらなくなっちゃいそうだし、パン屋さんを修飾する言葉でいいか。枕詞《まくらことば》ってこういうときに使ってたのかも。

――『パンの歌』っていうお店だったんです。長野の山あいにある町で……。

山あい。「山あいの」にすれば五音だ。「パンの歌」の話になっちゃうけど句なんだからそれでもいいだろう。

山あいのパン屋の酵母起こす月

短冊に書いて航人さんに出す。

「え、なんですか、この『酵母を起こす』って」

航人さんが訊いてくる。わたしはカナさんから聞いたことを説明した。

「へえ、酵母を起こす。起こす、って言うのか」

航人さんがうなる。

「あたらしいですねえ。自宅でパンを焼く人ならわりと知ってる言葉なんですけど、連句の席で聞いたのははじめてです」

蒼子さんが言った。

「いいですね、酵母を起こす月っていう感覚もあたらしい。なんだかわくわくするなあ。月の下で酵母がぷつぷつぷつって活動しはじめる……。おもしろい、これにしましょう」

夏木立光の玉が揺れてをり　　桂子
　ピアノの音の響くベランダ　　蒼子
永遠のような数式書いていて　　陽一
　古い線路の先を見つめる　　直也
山あいのパン屋の酵母起こす月　　一葉

「あ、これ、『パンの歌』のことだね」

鈴代さんがふわっと笑った。

6

月と言えば秋。ここから秋がはじまった。場、場、自、自、場ときているから、このまま場の句を付けると「縞」になる、「縞」というのは、人情ありとなしが二句ずつならんだ状態が続くことで、それはよくないと前回聞いた。

それで次は、鈴代さんの「家族みんなでむかごつまんで」という自他半の句が付いた。連句のルールを全部のみこむまでにはまだまだかかりそうだ。

ともあれ、これでようやく表六句が終わり。裏にはいったのでおやつタイムだ。箱には言問団子を広げると、みんな、おいしそう、と声をあげた。箱には言問団子の由来が書かれた紙が添えられていた。蒼子さんが説明の文を読みあげる。

在原業平《ありわらのなりひら》が東国を訪れた際、隅田川で白い水鳥を見た。渡守《わたしもり》から都鳥《みやこどり》という名だと聞き、有名な「名にしおはばいざ言問はん都鳥我が思ふ人はありやなしやと」という歌を詠んだ。その故事にちなんで言問団子の店の祖先が業平神社を建てたということらしい。

「歴史があるんですねえ。でも、パンが出たからお団子の句は作れないですね」

蛍さんが言った。今日はまだ蛍さんの句が付いていない。

「都鳥、っていう響きもいいですね。鳥や動物はまだ出てないし。『我が思ふ人はありやなしやと』だし、恋の句で都鳥を出すのもいいかなあ」

「本歌取《ほんかど》りですね」

直也さんが笑った。むかし国語の授業で習った歌だけれど、それをいまの大学生が本歌取りしたらどんな句ができるんだろう。

句は自分のなかから生まれるんじゃなくて、こうやって外にある言葉に触れることによって生まれるんだな。さっきの句もパンとバイオリンに行かなかったら作れなかった。ポップを引き受けることにしたから「酵母を起こす」という言葉に出合えたんだ。

「ねえ、一葉さん」

鈴代さんの声がした。

「カナちゃんから相談されたんだけど……。パンとバイオリンのお客さんで、近くで園芸店をしている人がいて、その人がポップに興味を持ってくれたんだって。それで、一葉さんを紹介してほしいって頼まれたみたいで」

「え……」

「カナちゃんに教えてもらってわたしもちらっと寄ってみたんだけど、不思議なお店だったよぉ。変わった植物ばかりで」

「おもしろそうですね」

「でしょ？　じゃあ、今度カナちゃんのお店に行ったあと、行ってみない？」

「え、ええ、でも、園芸店のポップが作れるかどうかは……」

「パン屋さんだってできたんだから、大丈夫だよ☆」

語尾に星が見えた気がした。

「じゃあ、今度の土日いいかな？」

どんどん話が進んでいく。できるかどうかわからない。でも、今回も大変だったけど楽しかった。鈴代さんのおかげだ。

「わかりました」

「やったぁ」

鈴代さんがお茶目に笑った。

――ちがう世代の人と話すのって、一種の冒険だと思うんですよ。別の見方を知るための。そうやって、知らないものに触れることで、あたらしい言葉が生まれる。

さっきの航人さんの言葉を思い出しながら、団子をひとつ口に運んだ。

浮き世の果て

1

六月の半ば、鈴代さんといっしょに「パンとバイオリン」に行った。

そろそろかな、と思っていたが、昨日から関東地方もついに梅雨入りしたらしく、朝から小雨が降っている。気温はわりと低く、ひんやりしっとりした空気のなか、都電沿いの道を歩いた。

ドアを開けると店内はかなりにぎわっていて、前に来たときとはずいぶん雰囲気がちがった。若い層だけでなく、高齢の女性客も何人かいて、みなトレイを持ち、トング片手にパンを選んでいる。

カナさんはレジにいた。わたしたちに気づいてぺこっと頭をさげた。お昼前の時間帯で、レジには少し列ができている。もうひとりの店員さんとレジと袋詰めを分担しているが、忙しくてレジを離れるのはむずかしそうだ。

「声をかけるのはちょっと待とっか」

鈴代さんに言われ、先に店のなかを見ておくことにした。パンの前にわたしが作ったポップがぴょんと立っているのを見ると、なんだかくすぐったい気持ちになる。書店に勤めていたときはもう慣れっこになっていたし、ほかの店員が作ったポップや版元から提供されたポップなどいろいろあるなかにまぎれていたし、なによりも仕事が忙しくて感慨にふけっている暇もなかったので、そんなふうに感じたことはなかった。

でも、最初のころはあったかな。遠い記憶がどこかからよみがえってくる。はじめて書いたポップを立てたときは、閉店後にこっそり棚を確認しに行ったりして、うれしいけどちょっと恥ずかしくもあった。

考えに考えて作ったつもりだったのに、棚にならんでみるとすごくつたないものに見え、一瞬取り外したいような欲求にかられた。

自分がポップを書いた本をお客さまがレジに持ってきたときはどきどきした。思わず、この本、おもしろいですよ、と声をかけそうになって、ぐっとこらえたこともあったっけ。

しばらくしてお客さまの波が一段落すると、カナさんはもうひとりの店員さんにレジを預け、こちらにやってきた。

「すみません、お昼時はときどきああいう波がきちゃって……」

「全然大丈夫だよ！　それよりすごく繁盛してるみたいで、よかったぁ」

鈴代さんがにこにこ笑いながら言った。

「ほんと、一葉さんのポップのおかげなんです。ポップを出してからお客さまがポツポツ増えてきて、地元の方がSNSに写真つきで情報を流してくれたんです。そしたらそれが拡散されて……」

カナさんが言った。

「やっぱりSNSパワーすごいねぇ」

「最初のうちは早い時間にパンが売り切れちゃったりしてちょっとあせりました。少しずつパンの数も増やして、先週からお昼の時間帯だけ知り合いにバイトをお願いして……。おそるおそるカニ歩き、って感じですけど」

カナさんが恥ずかしそうに笑った。

「きっと大丈夫だよぉ。こういうのは一回波に乗れば……。よかったねぇ。一葉さんのポップ、やっぱり効き目あったでしょ、えっへん」

なぜか鈴代さんが得意げな顔をする。

「皆さんポップをじっくり見てますよ。興味はあるけど質問するのはちょっと、って思っていたけど、ポップができて選びやすくなりました、って言う方もたくさんいらして。ポップお願いして、よかったなー、って」

「わたしも今回はとっても勉強になりました。パンのことも少しわかるようになりましたし。もしまたなにかあればぜひお手伝いしたいです」

「ほんとですか。よかった。来週もまた新作を出すつもりですし、季節のパンもありますし、定期的にポップお願いできたら、って思ってたんです。あ、それで、次のお客さまの波がくる前に、この前の謝礼、お支払いしておこうと思って。ちょっと待ってくださいね」

カナさんが小走りにレジに戻る。

「お金はあとで振込で、と思いますが、金額の確認をお願いします」

戻ってきたカナさんは、謝礼、と書かれた封筒を差し出した。なかを見ると、わたしが思っていた二倍くらいの金額が書かれている。

「えっ、こんなに？　申し訳ないです」

「いいえ。一葉さんから金額の提示がなかったので、ウェブでいろいろポップ制作の相場を調べて金額を決めました。鈴代ちゃんにも相談して決めたんですよ」

「そう。わたしもいろいろ知り合いに聞いて。めちゃくちゃ高い方じゃないんだよ。専門技術とか、作るのにかかった手間とか考えたら、最低これくらいはもらわないと」

妙に力強く言われて、言い返せなくなった。

「ほんとにいいんでしょうか」

「はい、もちろんです。それだけの効果がありましたし、今後もこの額で引き受けていただけたら、とても助かります」

「わかりました。ありがとうございます。これからもよろしくお願いします」

申し訳ないような気もしたが、評価してもらったことがうれしくて、深く頭をさげた。

「あとで送金しますので、振込先をこちらに……」

カナさんがメモ用紙を取り出す。

「こういう場合、ほんとは一葉さんの方が請求書を作った方がいいんじゃないかな。カナさんのお店の会計のこともあると思うし」

鈴代さんが言った。

「あ、そうですね。請求書があるとこちらも助かります」

そうか、お店だから、経費として計上しないといけないんだな。

「わかりました。あとで請求書を作って、振込先もそちらに書いて郵送します」

小さくてもこれは仕事なんだ、と気持ちがあらたまった。

「なんだかすみません。いろいろ紹介してもらっちゃって」

鈴代さんは外見はふわっとしているのに頼もしい。でも、どうして親切にいろいろ紹介してくれるんだろう。まだ会って間もないのに。

「うーん、迷惑だったらごめんね。わたし、素敵なものと素敵なものがつながったら、もっと素敵なことが起こるかも、って思って、ついついつなぎたくなっちゃうんだよね。おせっかいなのもかもだけど……」

エレガントな模様の雨傘の下で鈴代さんが笑う。

「一葉さんもいまは充電中なんでしょう？　次のお仕事が決まったら忙しくなっちゃうかもだし、それまでのあいだ、楽しみながらのサイドビジネスも悪くないかなぁって」

充電中。そういう言い方は有名な芸能人が使うものだと思っていた。わたしのは単なる失職中……。自宅に居候しているニートである。

「けど、謝礼もらっちゃったら失業保険もらえなくなっちゃうんだっけ？」

「あ、いえ、それは……。わたしの場合は会社の都合での離職だったので、三月になってすぐに雇用保険がもらえたんです。三十歳未満で、勤務五年未満なので三ヶ月分。なので、もう給付期間は終わりました」

「そっかぁ」

「雇用保険の給付期間が終わったので、家に対する言い訳がだんだんむずかしくなってきて……。母は、条件の良いところが見つかるまでは、と言ってるんですが、父の方はそろそろ働け、と言い出しそうで」

「このポップライターの仕事で収入があれば、お父さんも納得しないかな？」

「どうでしょう。父はずっと会社員で、会社に勤めるのがいちばんという考え方の人なので。フリーなんて不安定で、仕事じゃないって思ってるんじゃないかと。むしろ、そんなことしてるくらいなら就職活動しろ、って言いそうな気がします」

「そうか……。そうだよねぇ」

鈴代さんがうーんとうなって灰色の空を見あげる。

「あ、そうだ、一葉さん」

急にこちらを向く。

「なんでしょう？」

「次の園芸店の約束の時間まではまだあるし、お昼食べない？」

鈴代さんが言った。腕時計を見ると十二時半。園芸店に行くのは二時半の予定で、もともとパンとバイオリンのあとお昼を食べる計画だったのだ。

「あ、そうでした」

「このあたり、よく知らないんだけど、カナちゃんオススメのカフェに行こっか」

「カナさんオススメ？　行ってみたいです」

「カフェだけど、けっこう量があって、がっつり食べられるんだって」

「がっつり……」

鈴代さんが「がっつり」という言葉を使うのが意外な気がしたが、鈴代さんが言うとなんでもかわいく聞こえるから不思議である。

「え、もしかして一葉さんって少食？」

「いいえ、そんなことないです。お腹空いてますし、そこにしましょう」

「やったぁ。わたしもお腹空いてて。さっきからぐぅぐぅ言ってたんだよね」

鈴代さんがえへへ、と笑った。


駅の方に戻り、小さなカフェでランチを注文した。

カフェだけどメニューは和風のものが多い。鈴代さんは日替わりランチ、わたしは日替わり丼を頼んだ。パンとバイオリンやカナさんの話をしているあいだに注文した料理が運ばれてきた。鈴代さんのは和風煮込みハンバーグ定食、わたしのは漬けマグロ丼。

「わぁ、けっこう量もしっかりあるね。おいしそう。いただきまぁす」

鈴代さんが箸を持つ。わたしも、いただきます、と手を合わせた。

「そうそう、さっき思ったんだけど」

ハンバーグをぱくぱく食べながら、鈴代さんが言った。

「これからもお仕事するんだったら、料金表とか作ってみたらどうかなぁ？」

「料金表、ですか？」

「これくらいの大きさのポップはいくら、とか、文字数どれくらいでいくら、とか。頼む側もお仕事でしょう？　だから、目安がないと頼めないと思うの」

今回は鈴代さんの紹介でお手伝い感覚だったけれど、次の園芸店は鈴代さんも知らない相手だ。金額を向こうにまかせるわけにもいかない。

「基本料金表があって、それを見て相手が頼むかどうか決める、っていうのがフェアだし、誤解がなくておたがい安心だよね」

「そうですね。そんなこと考えてもいませんでした。これまではお店の仕事として作っていたので。お金がからむことですし、きちんとしないとですね。でも、ポップ一枚いくらか、なんて……」

そういえば、さっきカナさんがネットで相場を調べたと言ってたな、と思い出した。

「でね、カナちゃんが言ってた相場なんだけど、わたしもいっしょにネットで調べたのね。えーと、ここかとか」

鈴代さんがスマホで検索し、画面に出した。ポップ制作費の料金表が載っている。

「ほんとだ。こういうお仕事をしている人がいるんですね」

「フリーのデザイナーさんが副業で作ってることもあるし、ポップクリエイターとしてお店で教えてる人もいるみたいだよ」

「そうなんですね」

「で、園芸店に行く前に目安の料金表を作っちゃった方がいいかな、と思って」

「え、いまここで、ですか？」

「スマホあればできるよぉ。モバイル用の表計算ソフトとかだってあるし」

表計算ソフトは使えるけど、職場ではいつも店のパソコンで作業していた。スマホ用のアプリがあるというのは聞いたことがあったけど、これまでとくに使う必要もなかったから、インストールしていない。

「わたしの持ってるアプリで簡単なシート作って共有の招待出すね」

鈴代さんがスマホを操作して、あっという間にメールが送られてきた。言われるままにアプリをインストールすると、鈴代さんの作った表が画面に出てきた。

「うわ、すごいですね。便利」

表のなかにはポップがサイズごとに分かれて、カラー、モノクロ、文字量多め、などの項目わけまでされている。

「とりあえず、カナちゃんと相談して決めた額を入れてみるね」

鈴代さんが自分のスマホになにか打ちこむと、わたしのスマホの画面にも文字がぴこぴこ現れた。共有するとこんなことができるのか。

「これでいいかな？」

鈴代さんに言われ、表をじっと見る。こうやってこのサイズでカラーならいくら、文字量が多い場合は追加でいくら、と目の前に数字が出てくると、自分の作っていたポップが「商品」なんだ、と思えてきて、少し緊張した。

考えてみたら、世界はどこかのだれかが作ったものに満ちている。このテーブルだって、お皿だって丼だって、メニューだって、メニュースタンドだって。ひとつひとつに値段があり、だれかが代金を受け取って作っている。

ポップも同じだ。作れるからタダで作りますよ、と言い出したら、同じ仕事をしている人たちが賃金を得られなくなる。だからちゃんとしなければいけない。自分のためにも、ものづくりで生きているほかの人のためにも。

「画材とか、ほかにもいろいろ要素はあると思うんだけど、まあ、今日はだいたいでいいんじゃないかな。あとは詳細は応相談、ってことにしておけば」

カナさんのところで計算書を見せてもらったときは、こんなにもらっていいのかな、と思ったけれど、材料を買ったり、アイディアを考えたりすることまで含め、ポップの作成にかかった時間を考えると、妥当な額に思えた。

「もう少し細かく料金設定もできそうですけど、依頼によって変わる部分も多いですし、基本料金としてはこれで大丈夫だと思います」

「そうだね。シートのタイトルも『基本料金』にしておこう」

鈴代さんがタイトルを「基本料金」に変更した。

そのあとも、鈴代さんが今後の仕事のアイディアをいくつか提案してくれた。

手描きで一枚ずつ描くのもあってもいいが、汚れやすくて頻繁に取り替える必要がある場合は文字をスキャナーで取り込んでデータで渡し、お店でもプリントできるようにして、データ料金を加算する、とか。

「なるほど。データで渡すようにすれば一瞬で相手に送れるから、急ぎの仕事でも大丈夫ですね」

仕事柄なんだろうか。それとも鈴代さんの特殊な能力なのかな。とにかく頼もしい、と思いながら、ひとつひとつ忘れないよう、手帳に書き留めた。

2

約束の時間が近づいてきたので、カフェを出て園芸店に向かった。「houshi」という名前で、鈴代さんの話によるとかなり個性的な店らしい。はなやかでうつくしい花はひとつもなく、苔《こけ》や羊歯《しだ》に力をいれているという。

「苔や羊歯ですか」

変わってるなあ、と思いながら訊き返した。店名のhoushiとは胞子のことか。なるほど、と思った。

「そうなの。植物っていうと花を思い浮かべる人が多いけど、植物が全部花をつけるわけじゃないんだよね。花って被子《ひし》植物特有のもので、苔にも羊歯にも花はないし、裸子《らし》植物の花は地味だし」

思いがけず、鈴代さんの口から専門的な言葉が飛び出してきた。

「裸子植物ってなんでしたっけ」

「松とかソテツとかイチョウとかぁ」

「ああ、たしかに松やイチョウって花を見たことないですね」

松ぼっくりは実だよね。イチョウにも銀杏がなる。でも、花は見たことがない。

「裸子植物にも花は咲くけど花びらやがくがないの。被子植物はきれいな花をつけることで、昆虫と共生関係になって繁栄したんだよ」

「鈴代さん、くわしいですね」

「うん、実はわたし、高校時代は生物部だったんだ」

「そうなんですか？　意外」

「植物が好きだったんだよね。でも、実験とかが性に合わなくて、結局そっちの道にはいかなかったんだ」

　鈴代さんがくすくす笑った。

「あ、あそこ、あそこ」

　鈴代さんが小道の向こうの建物を指す。古い小さなビルの一階に「houshi」という看板が出ていた。

「こんにちはぁ」

　店内を見まわしながら鈴代さんが言う。

なかにはいって驚いた。たしかに変わった店だ。店内は細長く、両側の壁沿いの棚にずらっと植物がならんでいる。梅雨時なのにさらに加湿器を使っている。ただ温室のように暑くはない。ひんやりした霧のなかにいるみたいだ。

　花はひとつもない。羊歯や苔という話だったが、南の島に生えているような大きな羊歯もあったりして、園芸店というより植物園の温室のような雰囲気。いや、この雰囲気、もっとほかのどこかで見たことがあるような。

「ああ、こんにちは。わざわざお越しくださって、ありがとうございます」

　店の奥から男の人が出てきた。丸眼鏡をかけていて、大きめのTシャツにぷかっとしたチノパン。身長はヒールを履いた鈴代さんと同じくらいだから、男性にしては小柄な方だろう。

「いえいえ〜。いつ来ても素敵なお店ですね☆」

鈴代さんが答える。

「ありがとうございます」

お店の人がにこっと笑う。

「こちらが豊田一葉さんです」

「はじめまして」

少し緊張しながら頭をさげた。

「はじめまして。僕はこの店の遠藤《えんどう》って言います」

ポケットの名刺入れから名刺を一枚取り出し、わたしの方に差し出した。遠藤一《かず》樹《き》、と書かれている。

「すみません、わたしは名刺がなくて……」

「いえいえ、全然大丈夫ですよ」

遠藤さんが微笑む。見ると遠藤さんの名刺はナチュラルな白に文字が緑で印刷されていて、シンプルだけど園芸店らしい雰囲気だ。会社の事務的な名刺とちがってセンスが光っている。

ポップライターを名乗るんだったら、名刺くらい持っていた方がいいよなあ。ここでセンスを問われる気がする。とりあえずうちのプリンターで打ち出したものだってもいいんだし。手帳を出すわけにはいかないが、心のなかにそうメモした。

「パンとバイオリンのポップが新鮮で、カナさんに訊いたんですよ。そしたら豊田さんのほかのポップも見せてくれて、こういう方だったらうちに合ったものを書いてくれるんじゃないかな、と思ったんです」

遠藤さんが言った。

「ありがとうございます。元々は書店員で、これまでは書店のポップしか書いたことがなかったので、うまく書けるかわからないんですが」

「いえ、かえってその方がいいんです。僕が求めているのはいかにも園芸店、っていうポップじゃないので……。いっしょに考えてくれる方がいいな、と思ってましたから」

そう言われて少し安心した。

「このお店、園芸店というより、植物園の温室みたいですよね」

「ええ、そうなんです。そういう雰囲気を目指してて……」

「なんとなくどこかで似た風景を見たことがあるような気がして……」

わたしがそう言うと、鈴代さんがきらきらした目で、うんうん、とうなずいた。

「なんだろう、こういう両側の台に不思議な植物がたくさん載ってる……」

そこまで言ったとき、頭のなかに突然映像が浮かんだ。子どものころに何度も見た『風の谷のナウシカ』である。

「そうだ、ナウシカの……」

千年前の最終戦争によって文明が崩壊し、地球の大部分が荒れ地となり、「腐海」と呼ばれる菌類の森がはびこる世界を描いた宮崎駿《みやざきはやお》監督のアニメ映画だ。人類は腐海が放つ猛毒に脅かされているが、辺境にある「風の谷」の族長の娘ナウシカは腐海に親しみ、地下にある隠し部屋で腐海の植物を育てている。

ここはその隠し部屋の雰囲気によく似ていた。

「やっぱり？　一葉さんもわかったんだぁ」

鈴代さんが微笑む。

「そうなんですよ。僕はむかしからあの世界が好きで……。この店を作るとき、あの隠し部屋の雰囲気に近づけようと思ったんです。腐海の植物みたいな巨大な菌類は実在しないから、部屋の雰囲気だけですけど」

「そうなんですね。わたしもあの映画、大好きでした。腐海や腐海の植物の造形がすごくよくて。子どものころは何度もくりかえし見ました。あの隠し部屋も憧れでした」

「そうですか。よかった。同志ですね」

部屋の両側には水路。流れる水音が響き、水路の上には鉢植えの植物たちの棚。

水路に浸かっているものもある。

「あの隠し部屋の棚の植物には名札はついてなかったんですけど、ここはお店だからそういうわけにもいかないでしょう？　これまでは僕が口頭で説明してたんですけど、こちらから声をかけると店を出ちゃう人もいるし……。なんとか雰囲気を壊さないまま、説明のパネルをつけられたら、って思ってたんです」

　遠藤さんが言った。

「なるほど。となると、やっぱり花屋さんや園芸店のようなポップじゃなくて、植物園の説明パネルみたいなものがよいかもしれませんね。古い博物館の標本のラベルみたいな感じとか？」

「博物館の標本ラベル！　それ、いいですね」

　遠藤さんがうなずく。

「素敵～。いいと思う。アンティークな感じの紙に、万年筆で書いたみたいな」

　鈴代さんが言った。

「そうですね。囲み罫《けい》を作って、そのなかに種類とか産地とかを書く欄を作って、文字は手書き、みたいな感じでしょうか」

「和名のほかに学名も書いてもいいかもですね。雰囲気が出る。育て方も短くまとめて下に入れて……」

遠藤さんが言った。

「似てるけどちょっとちがう、みたいなのもわりとあるんですよね。ふつうの園芸店だと名前と関係なく見た目だけで選ぶお客さまも多いと思うんですが、うちはしっかり種類を見ていく人がほとんどですし」

「そっかぁ、コアな方が多いんですね」

鈴代さんが言った。

「そうですね。なかには僕よりずっとくわしい人もいます。苔オタク、羊歯オタクっていうのか……」

遠藤さんが笑った。

「動物でいうと、花とか観葉植物とかが犬や猫で、苔や羊歯はハリネズミとかフクロモモンガとかイグアナとかフクロウみたいな感じかなぁ」

鈴代さん首をかしげる。

「どうだろう？　そのあたりはサボテンや多肉植物くらいの感じじゃないですか？　エアプランツがはやったこともありましたよね」

遠藤さんが答える。

「わたし、高校時代生物部だったんですけど、顧問の先生が食虫植物が大好きで」

「食虫植物もおもしろいですよね。育てるのがむずかしいけど。苔や羊歯はどっちかっていうと海にいる無脊椎動物……タコ、イカ、ウミウシみたいな感じかもしれません」

「タコ、イカ、ウミウシ！」

「菌類だとクラゲやイソギンチャク、みたいな。ほんとはキノコにもすごく興味があるんですけどね」

「でも、園芸店で観賞用のキノコを売ってるの、見たことないですよね」

「やっぱり菌類は育てるのがむずかしいんじゃないですか。食用のしいたけとかの原木なら売ってるみたいですけど」

鈴代さんが答える。

「そうそう、最近、食用キノコの原木を使った『きのこリウム』っていうのがSNSで話題になってたみたいで」

「ええ〜っ、『きのこリウム』？」

鈴代さんが目を丸くした。

「食用きのこの原木と苔や羊歯を組み合わせて、観賞用にしたものなんですよ。すごく神秘的で。僕も作ってみたいと思ったけど、あれはかなり難易度が高いだろうなあ。きのこは観賞できる期間も短いですし。店に飾るのはいいけど、販売はできない」

遠藤さんが笑った。

「そもそもどうしてこういうお店にしたんですか」

「もともとは生花市場で働いていたんですよ。親が生花店を営んでいたのもあって。大学で植物学を学びましたけど、専門は蘭で、苔や羊歯については園芸品種しか知りませんでした」

遠藤さんが言った。

「だけど、旅行でシンガポールに行ったとき、植物園に立ち寄って、植物というものに対する考え方ががらっと変わった」

「あ、あの超未来型の植物園ですか？」

鈴代さんが訊いた。

「ああ、それは、ガーデンズ・バイ・ザ・ベイですね。そこもおもしろいんですが、僕がはじめてシンガポールに行ったときはまだなくて。僕が行ったのはむかしからあるボタニック・ガーデンの方。蘭や生姜《しょうが》で有名な植物園です」

「生姜？」

「そう。生姜にもきれいな花が咲くんですよ。種類ごとに色もちがって、すごくおもしろい。でも、僕がいちばん驚いたのは、エボリューションガーデンというエリアなんです。地球誕生から現在までの植物の進化を見られる体験型ガーデンで、苔や羊歯ばかりの土地から、裸子植物の森、現在の森林、という変化を見ることができる」

「おもしろそうですねぇ。恐竜の時代にはまだ被子植物はなくて、たしか地上は羊歯ばかりだったんですよね」

鈴代さんが言う。もと生物部だからだろう。妙にくわしい。羊歯ばかりだった。ということは、恐竜たちは花というものを見たことがないのか。なんだか不思議な気がした。

「そうそう。それを見ていて、そうか、植物って別に花や実をつけるものばっかりじゃないよなあ、って思ったんです。苔や羊歯にも多様な形があって、その魅力にも目覚めました。それから休日に植物園をまわったりするようになって」

「それでこのお店を？」

「ええ。親には最初、そんな店で大丈夫か、って心配されたけど、愛好家はけっこういらっしゃるんですよね。たまたま部屋が縦長だったから、むかしから好きだったナウシカの隠し部屋みたいな作りにしたんですが、そのおかげでSNSやウェブのメディアで紹介されることもあって、コアな愛好家以外の方も来てくれるようになってきました」

「SNS、やっぱり強いですよねぇ。いろんな趣味嗜好に対応できるっていうか」

鈴代さんが言った。

あとはとんとん拍子で話が進んだ。さっき即席で作った料金表もさっそく役に立った。植物のリストやポップに入れる文章を遠藤さんからメールで送ってもらい、こちらからは紙の見本やデザイン案を送る手はずになった。

「けっこう数があると思います。種類がかなり多いですから」

遠藤さんが店内を見まわす。

「そうですね。でもおもしろそうです」

ここにある植物とラベルみたいなポップ。考えただけでわくわくする。

「リストといっしょに植物の画像もお送りするようにしますね。よろしくお願いします」

「よろしくお願いします」

おたがいに頭をさげた。


鈴代さんと別れたあと、画材店に行き紙を探す。少し古びたラベルのイメージで、アイボリーからベージュ系の色の紙を何種類か選んだ。

パソコンで台紙のデザインを組んで印刷、なかの文字は、古い標本に似せるため、万年筆で書きたい。ただ植物の鉢に使うので、耐水性がないといけない。それでちょっと扱いはむずかしいが顔料インクを使うことにした。

家に帰ると、もう遠藤さんからのメールが届いていた。全部まとめるにはまだ時間がかかるということだが、とりあえずサンプル作成用に何種類かのデータを送ってくれたようだった。

ネットで植物標本のラベルを検索し、雰囲気をつかむ。デザインは凝りすぎず、学術的な標本に近づけた方があの店の雰囲気に合うだろう。

まずはパソコンで台紙作り。まわりはシンプルな囲み罫。太めの罫と細めの罫の二重にした。植物名、学名、種類の説明、産地などの項目を立て、下線を引く。遠藤さんから送られてきたデータを見ながら各項目の大きさを調整した。

印刷し、万年筆で文字を書く。久しぶりの万年筆に少し緊張する。

考えたら、書店にいたころはここまで凝ったポップは作らなかった。フェアのときにディスプレイやポップを統一して売り場を作ることはあるけど、あまりこだわりすぎるとお客さまを選んでしまうから、ほどほどにしなければならない。

でも、パンとバイオリンやhoushiは独特の雰囲気を持った個人商店だから、ポップも店全体の雰囲気を強調するように作った方がよさそうだ。

遠藤さんはもとは市場で働いていたと言っていた。独立して店を持ってどんな感じなんだろう。組織のなかで働くのとちがって、商売相手の評価をダイレクトに引き受けなければならない。大変そうだけど、自分で決める楽しさもあるんだろう。

このポップ書きの仕事も一時しのぎのものかもしれないけど、いろいろ勉強になる。個人で仕事をするのがどういうことか、少しわかった気がした。

鈴代さんの料金表やデータでの納品という提案も、仕事をするために有益だった。ものを作るだけじゃなくて、取引の環境を整えることも大事なんだな。

この仕事をいつまで続けられるかわからないけど、いまはあせって就職先を探すより、もう少しポップの仕事を追求してみたい気もする。宣伝のために簡単なサイトを作ってみるのもいいかもしれない。それに、名刺も作らなくちゃ。

なんだか楽しい。いつのまにかそう感じていた。実家に戻ってしばらくはなにもする気にならなかったけれど、やっぱり働かないと生きている実感が持てないみたいだ。生きること＝働くことなのかもしれない。

紙ちがい、デザインちがいでいくつかサンプルを作成して遠藤さんに送ると、二日後にメールで返事がきた。候補のなかから紙とデザインを指定するとともに、ほかの植物のデータと写真も添付されていた。

なかなかの量だが、デザインが決まったのであとは作業するのみ。遠藤さんは写真もうまく、苔や羊歯のうつくしい画像を見ていると心がなごんだ。

できあがったポップを送ると、遠藤さんは気に入ってくれたようだった。メールには、店内に置くチラシや育て方のリーフレットも作ってもらえないか、と書かれていた。

書店時代に簡単なチラシなら作ったことがあるが、ポップとはだいぶ勝手がちがう。今度お店に行ったときに相談しましょう、と答えた。

3

連句の日がやってきた。六月のお菓子は言問通り沿いにある上野桜木の和菓子店「喜久月《きくづき》」の「あを梅」。

うちの近くの店だから行き慣れている。あを梅は名前に梅が入っているけれど、梅を使ったお菓子ではない。白味噌を煉りあげた白あんを、抹茶入りの求肥《ぎゅうひ》で包んだもので、形が梅の実に似ているからこの名前になったらしい。

祖母はとにかく、喜久月のあを梅と「ゆずもち」が大好きだった。どちらも見た目はそれほど派手じゃないけれど、食べるとびっくりするほどおいしい。

祖母の部屋であを梅とゆずもちをひとつずつ。濃いお茶といただくおやつタイムは至福の時間だった。祖母は喜久月のお菓子を食べるたび、「世の中にはこんなおいしいものがあるんだよねえ。生きててよかったねえ」としあわせそうな顔になった。きっと、あのしあわせを「ひとつばたご」の人たちにも届けたかったんだろうなあ。

　あまり語りたがらなかったけれど、祖母が子どものころは戦争の真っ最中だった。学童疎開に行っていたあいだは、甘いものどころか、ごはんをお腹いっぱい食べることすらできなかったと言っていた。

　——お米はなくて、お芋とかね。わたしはそんなことされなかったけど、身体の小さい子はほかの子に取られて食べ物がなくなったり……。ひどいことばっかりだった。毎日怖くて、生きてるのが辛くて。だから話したくないんだけれど。ほんとに、もうあんなことは絶対に起こってほしくないね。

　ふたりでおいしいお菓子を食べていると、ときどきそんなふうに言うことがあった。

　子どものころじゅうぶんに食べられないというのは、どんなに辛かっただろう。親元も離れ、慣れない田舎での集団生活。いつまでこの暮らしが続くのだろう、と思っていたにちがいない。

　祖父も祖母も、そんな時代を生きてきた。そのことを考えると、いつも心がずんと重くなる。でも、聞いておきたい気持ちもあった。祖母が言いたくないなら無理に聞くのはいけないと思うけど、なかったことにはしたくないなあ、とも思った。

なのに、迷って先送りにしているうちに、祖母は亡くなって、二度と話を聞けなくなった。

そういう子ども時代を過ごしたから、祖母はお菓子を食べる時間を人と分かち合いたかったのかもしれない。わたしが思うよりずっとずっと、おいしいものを人といっしょに食べることが大事だったのかもしれないなあ、と思った。

喜久月で買ったあを梅の袋に、ずっしりと祖母の気持ちが詰まっている気がした。

根津から地下鉄に乗り、連句の会場に向かった。今日の会場は西馬込の駅のすぐ近くのライフコミュニティ西馬込。地下鉄の駅を出て、国道をはさんだ向かい側。壁に虹の絵が書かれた建物だ。

地下鉄に乗るときは降っていなかったのに、駅を出たら雨が降っていた。とはいえ小雨だし、道を渡ればすぐに建物にはいれそうだ。折りたたみ傘を出すほどじゃないかな、と思って小走りに横断歩道を渡った。

建物の入口で同じように傘なしで走ってきた女性といっしょになった。ひとつばたごでは見ない顔だし、別の用事だろうと思っていたが、同じように二階にあがり、同じ部屋に向かっているとわかった。

「あの、もしかして、一葉さんですか？」

女性の方が話しかけてくる。

「え、ええ。そうです。あの、ひとつばたごの方ですか?」

「はい。ああ、よかった。もしちがったらどうしよう、ってちょっとどきどきしちゃいました。わたし、萌《もえぎ》って言います。このところなかなか連句に来られなくて……。蒼子さんから治子さんのお孫さんがひとつばたごにはいったっていう話は聞いてました」

ひとつばたごにはいった……。入会、みたいなことはなかったが、そうか、わたしはひとつばたごにはいったのか。ちょっと不思議な気がして、すぐに答えられなかった。

「じゃ、はいりましょうか」

萌さんがドアに手をかけた。

「あ、はい。よろしくお願いします」

あわててぺこりとお辞儀した。

「あ、萌さんと一葉さん。いっしょだったんですね」

なかにはいると蒼子さんがすぐにこっちを見た。

「ふたりとも濡れてません? 外、雨降ってるんですか?」

蛍さんが不思議そうな顔をする。

「え、蛍さんが来たときは降ってなかったの？」

「ええ。十分前くらいに着いたんですけど、そのときはまだ……」

「わたしも降られなかったわよ。ここに着いたの五分くらい前だけど」

蒼子さんが言った。

「じゃあ、ほんの数分前に降り出したってことですか。一本前の電車に乗れてれば降られなかったんですね。でもたいした雨じゃないし、折り畳み傘を出すのが面倒で……」

「わたしもです」

そういえば横断歩道を渡るとき、アスファルトはまだそこまで湿っていなかった。

「いやあ、降ってきた降ってきた」

そのときドアの方から声がして、見ると直也さんだった。わたしたちのように服は濡れていないが、手に持っている傘から水が滴っている。

「まあ、わたしたちはぎりぎりセーフだった、ってことで」

萌さんがわたしを見てにこっと笑った。その顔を見たとき、ふとどこかで会ったことがあるような気がした。もちろんひとつばたごではない。どこでだったか思い出せないし、そもそも人ちがいかもしれない、と思って口にしなかった。

「一葉さんと萌さんははじめてよね」

蒼子さんが言った。

「はい」

ふたり同時にうなずく。

「さっき建物の外で偶然いっしょになって、名前だけは名乗ったんですけど」

萌さんが笑う。

「萌さんも陽一さんたちと同じで、ツイッター連句会から来た方なのよ」

「そうなんです。一葉さんは治子さんのお孫さんなんですよね」

「はい。三月からここに来るようになって……。最初は祖母が残したメモにあったお菓子を届けるだけのつもりだったんですが……」

「連句、楽しいですよね。でも、三月から？ ってことは、わたし三ヶ月も来てなかったってこと？ 今日ちゃんと句を作れるかな」

萌さんが笑った。

そのあと、やはり傘から水を滴らせた航人さん、悟さん、桂子さん、陽一さんがやってきて、がやがやしながら連句がはじまった。

夏の発句、脇からはじまり、第三は無季《むき》。悟さん、桂子さん、陽一さんの句がならんだ。四句目は直也さん、五句目の月は蒼子さん。六句目に鈴代さんの句が付いて、表六句が終わった。

裏にはいって、さっそくあを梅を出す。梅がはいっているわけじゃないのに、なぜかこのお菓子は梅雨時に合う。

「うわ、これ、中身あんこじゃないんですね。お味噌……？　おいしい」

萌さんはあを梅がはじめてだったらしく、一口食べてそう声をあげた。

ほかにもいくつか持ち寄ったお菓子やつまみがならび、がやがやと雑談がはじまる。萌さんと鈴代さんからツイッター連句のことを少し聞いた。

「あのころはわたし、下の子がまだ0歳児で、ほとんど外に行けない状態だったんですよね。出かけるにしても幼稚園児の上の子を連れて、下の子を抱っこして、って状態で、近所のスーパーに買い物に行くのがやっとだったんですよ」

兄のところの様子を思い出し、やっぱり育児は大変だよなあ、と思う。

「映画館にも演劇にもショッピングにも行けない。けっこう欲求不満が溜まっちゃって、そんなときたまたまツイッター連句っていうのを見つけて、あ、これならわたしもできる、って思って……。それで、授乳しながらスマホで投句して……」

授乳しながら？　それが育児のリアルなのか。

「それで、一句だけ取っていただいて……それがうれしくて、ツイッター連句に参加してるうちに、蒼子さんからひとつばたごに来ないかって誘っていただいたんです。最初は子どもを置いて行けないから、無理かな、と思ってたんだけど、夫に相談したら自分が休める日だったら、俺が見とくから行ってこい、って」

「頼もしい〜！」

そんなのうちの兄だったら無理だろうなあ、と思った。先週予定日より少し早く第二子が生まれ、義姉と第二子は病院にいる。退院したら自分の実家に里帰りする予定で、すでに甥は実家に預けられていた。

「夫は料理もうまいし、休みさえ取れれば育児もばっちりなんだけど、なにしろ忙しくて、急な休日出勤とかもめずらしくない会社だから。それで、毎日、その日は休日出勤ならないように、って祈ったりして」

「なんとかなったんだ」

「もう、あのときは、ひとりで出かけるのがかなり久しぶりで。子ども連れてない、荷物も少ない。なんかさびしいような、ふわふわするような変な感じだったんですよねえ」

「お子さん、いまはおいくつなんですか」

「小学校一年生と三歳です。習いごととか学校関係の行事と重なるとなかなか来られないんですけど」

小学一年生と三歳。ということは、この人は兄より上なのかな。子どもを産む年齢も人によってちがうから一概には言えないんだけど。でももっと若く見える。童顔なのかもしれない。

「今日久しぶりに来ましたけど、やっぱり連句、楽しいですよね。頭のなかのふだん使わないところを使ってる感じ」

萌さんは短冊を一枚取り、鉛筆をにぎった。

4

裏の一句目は萌さんの「霧雨の静かな音が積もりゆく」に決まった。霧雨が秋の季語らしい。今日の雨とはまたちがう、秋のひんやりした雨だ。

「恋につながりそうな素敵な句じゃない?」

桂子さんがそう言って航人さんを見た。

「そうですねえ。恋は連句の山場ですから。皆さん、いい句を出してくださいね」

航人さんが言った。

「前から思ってたんですけど、恋の座ってよくわからなくて」

蛍さんが首をかしげる。

「恋の座は、月の座や花の座とちがうじゃないですか。月や花は一句で終わりですよね。前後には似たものを置かずに、一句だけ際立たせる。なのに恋は何句も続くでしょう？　似た雰囲気の句は避けるけど、恋がテーマという点では同じ。連句は変化を求めるのに、なんで恋だけは何句も続けるんですか？」

蛍さんの言葉に、なるほど、と思う。たしかに連句の基本の精神と矛盾しているような気がする。

「そうですねえ。それはなかなか不思議なところなんですけど、それはやはり、恋が人生の花、というか、人情の最たるものだからなんじゃないでしょうか」

航人さんが答える。

「まず連句の歴史の話からすると、もともとは貴族が行っていた連歌というものがあったわけですね。古典的な雅の世界で、式目も厳しく、堅苦しいものだった。それを庶民の遊びにしたのが俳諧。滑稽みがあって遊戯性の高い連歌という意味だったんです」

「あ、それは高校の授業で習った気がします」

蛍さんが言った。

「俳諧は江戸時代の町人文化のなかで花開いたんですね。それが時を経て成熟していって、日常的な世界、つまり俗を扱いながら、連歌に匹敵する芸術性を備えた作品を作ろうという志で芭蕉さんの蕉風俳諧が生まれたんです」

「俗を扱いながら芸術性があるもの……？」

「連歌の世界のような様式美じゃなくて、庶民の日常を芸術に高めようとしたんです。恋の座は連歌のころからあったんですよ。ただ連歌のころは、恋を指す決まった言葉があった。それさえ入れれば恋の句になる。逆にそれがはいっていなければ恋句とは言わない。でも、蕉風俳諧は、恋の言葉がはいっていても恋の情がなければ恋句ではない、恋の言葉がはいっていなくても情があれば恋句とした」

「意味を重視したんですね」

「そうですね。形式じゃない、リアルな人の心を描こうとした。それに、いまは芭蕉さんを侘《わ》び寂《さ》びを描いた渋い老人のように思っている人が多いかもしれないけど、ほんとうの芭蕉さんは人情句、とくに恋句をすごく得意にしていたんだよね」

「え、そうなんですか？」

萌さんが驚いたように言った。

「そうそう。傑作も多いんですよ」

航人さんは立ちあがり、ホワイトボードにすらすらと句を書いた。

さまざまに品かはりたる恋をして　　凡兆

浮世の果は皆小町なり　芭蕉
冬至の縁に物おもひます　土芳
けはへどもよそへども君かへりみず　芭蕉

「小町って、小野小町《おののこまち》のことですよね？」

直也さんが言った。

「そう。小野小町は若いころは絶世の美女と言われて、いろいろな人と恋をした。それが晩年は落ちぶれて惨めな姿となった。『卒塔婆小町《そとばこまち》』という謡曲もありますよね」

「つまり、若いころはうつくしくて、さまざまな恋をしたりもするけれど、果てはみんな年老いて卒塔婆小町になる、ってことですか。すごい句だなあ」

「すっごい嫌だけど、すっごくわかる」

萌さんがうなずく。

「次の『けはへどもよそへども』は、化粧しても装おっても、好きな人がこちらを見てくれない、ってことですよね？　うーん、辛い。なかなかこんなにずばっと言えませんよねぇ」

鈴代さんが言った。

「芭蕉さん、女の気持ちを書くの、うまいですねえ。人生の真理みたいなものがにじんでます。高尚な様式美では描けない人間の真実。俗を描いて芸術にする。その通りですね」

悟さんがうなる。

「まあ、生きてればいろいろあるけど、やっぱり、恋をして、子どもを産んで、っていうのは、人生の花だと思われていたんでしょうねえ。人生のいろいろのなかでいちばん濃い部分だと」

航人さんがうなずいた。

「よく考えたら、花も植物にとっては生殖器ですしね。子を作るため、虫を引き寄せるためにうつくしく着飾るわけですね」

直也さんが言った。

「でも、わたしは恋とか結婚だけが人生の花だとは思わないです」

蛍さんが不満そうな顔になる。

「まだ学生ですけど、ちゃんと働いて、自分で稼いで生きていきたいし、仕事も人生にとって大事な花かな、って思いますし。人生の花が恋だけ、みたいに言われるのはなんか納得がいかないです」

「いま子育てしてる身としても、ちょっと抵抗があります。たしかに人生のなかの一大事だけど……」

萌さんも同意する。

「むかしとはだいぶ意識が変わったんじゃないでしょうか。生き方も多様化してますし。産む人もいれば産まない人もいる。恋をする人もいればしない人もいる。いまはどちらもありですよね」

陽一さんが萌さんと蛍さんを見た。

「どちらにしても、男は自分で産むことができませんからね。母から生まれて、自分の子どもも女から生まれる。生まれるとか産むとか、命につながる部分はすべて女に預けっぱなしで」

直也さんが困ったような顔になる。

「なんか、もっとあると思うんです。恋も出産も育児も大切だけど、それは自分の一部っていうか。人生のある一時期のことで、その前後に別のことがたくさんある。わたしだってそれだけじゃないよ、って言いたい気がします」

萌さんの声が少し高くなった。

「そうよねえ。いまは寿命が長くなったから」

桂子さんがしみじみと言う。

「子どもの数も減って、子育てが終わったあとも時間がたくさん残されている。でもきっとむかしはちがったのよねえ。わたしより前の世代は、子どもを育てることが命がけだった。戦争もあったし……」

その言葉にみな、しん、とした。

「そうか、そうですよね」

蒼子さんがつぶやくように言った。

──戦争のころはね、生きてるだけで大変なことだった。同じくらいの子どももたくさん死んだ。ほんとにたくさん、信じられないくらい辛いことがあった。

ふいに祖母の言葉が頭によみがえった。

──なんとかかんとか生きのびて……。子どもを産んで育てるのも必死だったけど、わたしにとっては人生でいちばんの喜びだったんだよねえ。

そうだ、あれも、祖母の部屋であを梅を食べていたときのことだった。

「まあまあ、この話はこれくらいにして。そろそろ恋句を作りましょうか」

航人さんの声がして、みんなあわてて短冊に向かった。

5

航人さんの前に短冊がならびはじめ、航人さんはそのなかから蛍さんの「ただひたすらに電話待ってる」をとった。

「うわあ、ちゃんとした若者の恋じゃないですか」

直也さんが驚いたように蛍さんを見た。

「わたしだって別に恋をしないとは言ってないですよ。恋もちゃんとするし、大事です」

蛍さんが毅然とした顔で言った。

「そっかぁ、そうだよねぇ」

鈴代さんがうんうんとうなずく。

「いいわよねぇ、若い人は。そうよ、きっと只中にいる人はわからないのよ、それが人生の花なんだって」

桂子さんがふっくらと笑う。

「そうそう、若者はこうやって気持ちをうちに秘めてじっと待ってる。年寄りの方が派手な恋句を書きますよね」

蒼子さんもからからと笑った。

「そうか、深いなあ。じゃあ……」

直也さんはいったん天井を見あげたあと、すぐに短冊になにか書いて、ぱっと航人さんの前に出した。

「ああ、これいいですね、おもしろい」

航人さんが含み笑いする。

「じゃあ、これにしましょう。直也さんの『恨むのも思い出すのも恋のうち』」

そう言って、短冊を蒼子さんに差し出す。

「うわあ、さすが中年」

短冊を見ながら蒼子さんが笑う。

「やめてくださいよぉ。こういうのは若い人だってあるでしょう？」

直也さんが顔をしかめる。

「そうかなあ。昭和の演歌みたいじゃないですか」

「失礼ですね、蒼子さん。蒼子さんだって昭和生まれじゃないですか」

直也さんが笑って言い返す。

「いいと思うわよぉ、ねえ、航人さん」

桂子さんが言うと、航人さんもにこにこうなずいた。

「さっきの芭蕉さんの恋句に引きずられちゃって……」

直也さんが照れ笑いした。

「そしたら、次、これはどうかしら？」

桂子さんはそう言いながらさらさらっと短冊に句を書いて、航人さんに渡す。

「『喪服の人の背中小さく』。いいですねえ、ここはこれにしましょう」

あっという間に決まってしまう。若い者は出る幕なし。

「いい付け合いですよ。喪服の人っていうのは、連れ合いを亡くした片割れですね。『ただひたすらに』が若い人の恋で、『恨むのも』をはさんで、長年連れ添った夫婦の片方が亡くなったときを描いている。残されたのは女性の方かな」

航人さんがだれにともなく言う。

霧雨の静かな音が積もりゆく　萌
　ただひたすらに電話待ってる　蛍
恨むのも思い出すのも恋のうち　直也
　喪服の人の背中小さく　桂子

「喪服の人の句は、もう恋の句じゃないんでしょうか？」

陽一さんが訊いた。

「うん、そこだよね、さっきの蕉風の話にも通じるけど、この一句だけだと恋を感じさせる言葉はない。でも、前句と付けると恋にも思える」

航人さんが答える。

「なるほど」

「でも、次に恋と関係ない句を付ければ、恋じゃないともとれる。そういうところが連句のおもしろいところなんですよねえ」

航人さんが言った。

「この句だったら、まだ恋を続けてもいいし、離れてもいい。恋句も三句続きましたし。ただ、いったん恋を離れたら、しばらくは戻れないですよ」

「わかりました」

陽一さんはそう答えてから、短冊を見つめた。

喪服の人……。ホワイトボードに書かれた文字を見ながら、ぼんやり祖父の葬式のことを思い出した。

火葬場でお骨を拾うとき、わたしはちょうど祖母のうしろに立っていた。みんなの前に骨が出てきて、焼き場の人が長い箸でつまみながら骨のことを説明する。これが大腿骨とか、これが喉仏とか。

わたしは、それがどの部分だったかということより、つい数日前まで生きていた人が骨と砂みたいなものに変わってしまったことに驚き、ただ呆然としていた。うしろにいたから祖母の表情はわからなかった。でも、すごく小さくなった気がした。おばあちゃん、こんなに小さかったっけ、と思った。

それからしばらく、祖母はひとりで以前の家に住んでいた。「ここにいるとおじいちゃんがまだいるみたいだから。不思議なんだけどね、全然さびしくない」と言っていた。でもその後、父があそこにひとりで住まわせておくのは心配だから、と言って、祖母はうちに引き取ることになり、家も売却した。

家はすぐに取り壊され、しばらく空き地だった。一度だけひとりでその空き地を見に行ったことがある。そこにはなにもなく、草だけが茂っていた。夏だったから、何週間か放置しただけで草が茂る。その生命力に驚き、ぽかんとした。家があったころのことが頭によみがえり、いたたまれなくなってその場を離れたのだ。

草だけが伸びる祖父母の家の跡

鉛筆を握ると、そんな句がするっと飛び出してきた。

なんだかすごく不思議だった。この連句の場には、かつて祖母がいた。いまここにいる人たちと連句を巻いていた。

いまは祖母はいない。わたしが代わりにあの家のことを書いている。

「一葉さん、できましたか？」

航人さんの声がして、短冊を差し出した。

「うん。いい句ですね。これにしましょうか」

航人さんがしずかにそう言って、蒼子さんに短冊を渡した。

「いいですね」

短冊を見た蒼子さんも、そっとそう言って、ホワイトボードに句を書いた。

霧雨の静かな音が積もりゆく　萌
　ただひたすらに電話待ってる　蛍
恨むのも思い出すのも恋のうち　直也
　喪服の人の背中小さく　桂子
草だけが伸びる祖父母の家の跡　一葉

「これ、もしかして、治子さんの家のこと？」

句を見た桂子さんが訊いてくる。

「はい、そうです。祖父が亡くなった何年かあと、家を売って……」

「ええ、治子さんからも聞いたわ」

空き地には半年後新築建売住宅が建った。祖母を連れて、あたらしい家を家族で見に行ったことがある。よく晴れた日だった。青空の下に新築の真っ白い家が三軒。もとの家は広かったんだなあ、と思う。大きな庭もあって、ゆったりしていた。

でもあたらしく建った家を見ていると、だんだん前の記憶がぼやけてくる気がした。ここに来るまでは頭のなかにありありとあの家が残っていたのに、それも怪しくなる。記憶まで塗りかえられていくよう。魔法みたいだ、と思った。

「その土地にあたらしい家が建ってから、祖母を連れて家族で見に行ったことがあるんです。祖母がショックを受けるんじゃないか、と思って心配だったんですけど、父が『ちゃんと見せた方がいい』って。祖母も『きれいなお家が建ってよかった』と言って、ほっとしたような顔をしてました」

「治子さん、家を見に行ったことも話してましたね。肩の荷がおりた気がした、っておっしゃってました。でも、そのあともときどき古い家の夢を見るって」

蒼子さんが言った。

「そうだったんですか。それは知りませんでした」

わたしたちの前では口に出さなかったけれど、家がなくなったこと、祖母にとってはやっぱり辛かったんだろうか。祖母にとっては人生そのもののような家だ。家を処分するのは自分の人生がなくなってしまうようなものだったのかもしれない。

――戦争のとき、わたしたちが住んでた家は空襲で焼けちゃったの。疎開から戻ってきたら家はなくなってた。それからは親戚の家に住まわせてもらったり。だけどどこも苦しいから、邪魔にもされたし、人の嫌な面もたくさん見た。

いつだったか祖母はそう言っていた。

――戦争が全部壊してしまった。家だけじゃなくて、人の気持ちも。ずっと居場所がなくて……。おじいちゃんと結婚して、家を建てて、はじめて自分の場所ができたんだよね。

それがあの家。その家がなくなってしまったんだ。

「あたらしい家、祖母に見せない方がよかったんでしょうか」

ようやくそう言った。ほんの数ヶ月前に知り合ったばかりの人たちに囲まれているのに、涙が出そうになり、うつむいた。

「でも治子さんは笑っていたんでしょう？」

航人さんの声がした。

「土地はすべて借り物だと思うんですよ。身体もね、全部借り物。わたしたちはみんな彼方からやってきて、しばらく身体を借りてここで生き、また彼方へ帰る。そういう存在なのかもしれない。治子さんもあたらしく建った家を見て、先に続く未来を感じたんじゃないでしょうか」

航人さんの声はしずかで、やさしかった。

——ああ、洗濯物もかかってるねえ。子どもの遊び道具もあるし、ここでまたあたらしい人たちが生きていくんだ。これで安心だね。

あのとき、祖母はだれにともなくそうつぶやいていた。

「そうよね、わたしも最近よくそう思う。最後はそうやって少しずつ手放していくしかないもの。そうじゃないと化けて出ちゃうかもしれない」

桂子さんがふぉっふぉっふぉっと笑った。

6

祖父母の家の句のあとには、悟さんの「座敷ぼっこと影踏みをして」という句が付き、裏の月、花、名残の表、と続いていった。

終わったあとの食事会で萌さんや蛍さんと話していると、また恋句の話題になった。

「わたし、今日思ったんです。恋って、わたしが思ってるよりずっと範囲の広いものなのかもしれないなあ、って」

蛍さんが言った。

「そう、それ！　わたしもそう思った。裏の恋の座、一葉さんの祖父母の家の句だって、夫婦でずっと暮らしてきた家だもん、だからあれも恋句なんだなあ、って」

萌さんが手を右の拳で左の手のひらをぽんと打つ。

「若いころの恋愛だけじゃ、ないんですよね。人に一生つきまとってくる」

蛍さんがぼそっと言った。

「結婚して何年も経つといろいろあるし、自分の思い描いていたものとちがうなあ、って感じることも多いけど、それもまた恋のひとつの姿なのかもしれない。恋、っていうか、しがらみ？」

萌さんがははははっと笑う。

「年老いて死ぬ間際に、好きだった人のことを思い出す。それだって恋ですよね」

蛍さんが天井を見あげた。

「そうですね、なんだろう、どこかとつながりたい、っていう欲求っていうか、自分の外に伸ばした手みたいな……」

わたしも言葉に迷いながらそう言った。

「航人さんが『恋は人生の花』っておっしゃってましたけど、まさにそれなんですね。花の座の花とはちがう、血の通った、なまなましい花。うつくしく咲くだけじゃなくて、実ったり、しおれたり、腐ったりすることも全部含めて」

萌さんの言葉に思わずうなずいた。

わたしが出会ったとき、祖母はもう祖母だった。でもずっと前には娘だった。結婚して、母になり、そうして祖母になり、夫を失い、亡くなった。わたしは終わりのほんの一部に立ち会っただけ。

これまでそんなことは考えたこともなかった。連句の席は不思議だ。ほんの数回会っただけの人と、いつのまにか深い話をしていたりする。家族とも友人とも話さないことを話し、忘れていた大事なことを思い出したりする。

「わたしからしたら、娘たちが成長して、いつか恋をしたり、子どもを産んだり、って考えることもあるんだけど、自分以外の恋を詠むのも恋句だよねえ。やっぱ恋句、あなどれないのかも」

萌さんが息をつく。

「精進しましょう!」

蛍さんが元気にそう言って、両方の拳を固めた。

ふと遠藤さんの店で見た、苔や羊歯のことを思い出した。苔や羊歯には花は咲かない。花がなくても、恋をするだろうか。生き物が増えようとすること、子孫を残そうとすること、それは全部恋につながっているのだろうか。

――でも治子さんは笑っていたんでしょう？

航人さんの声を思い出す。

――土地はすべて借り物だと思うんですよ。身体もね、全部借り物。わたしたちはみんな彼方からやってきて、しばらく身体を借りてここで生き、また彼方へ帰る。そういう存在なのかもしれない。治子さんもあたらしく建った家を見て、先に続く未来を感じたんじゃないでしょうか。

あのとき祖父母の家の記憶がぼやけていったのも、家が役目を終え、天に昇ったということなのかもしれない。

――ああ、洗濯物もかかってるねえ。子どもの遊び道具もあるし、ここでまたあたらしい人たちが生きていくんだ。これで安心だね。

祖母のあの言葉も、この世界に対する恋だったのかもしれない、と思った。

海のブルース

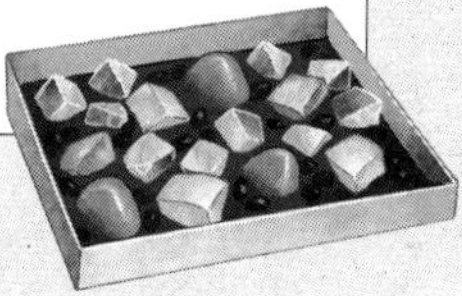

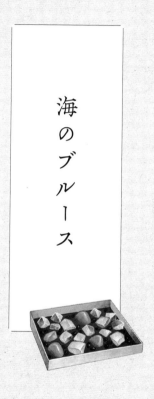

1

七月はじめの水曜日、あたらしく作るリーフレットの相談のため、「houshi」に行った。店内の鉢にわたしの作った標本風ポップが立っている。写真では見ていたが、現場を見るのははじめてで、ちょっとどきどきした。

予想以上にうまくはまっている。わたしのあとにふたり連れの女性客がはいってきた。どうやらひとりはすでに店に来たことがあるようで、もうひとりを誘って連れてきたらしい。服装の雰囲気からすると、近所の住人のようだ。

「へえ、素敵〜。ナウシカみたい」

「でしょ？」

「こんな店があったんだね」

「この前図書館の帰りに見つけたんだよね。フクイさん、絶対好きだと思って」

「好き。雰囲気最高だね。このポップもいいよね。標本風？」

女性の声が聞こえてきて、一瞬身体が固まった。

「むかしから花より苔の方が好きなんだよね。でも、育て方がむずかしそうで」

フクイさんと呼ばれた女性がまじまじとポップをながめている。なんだか恥ずかしくなって、反対側の棚を見ているふりをした。

「いらっしゃいませ」

遠藤さんが出てきて、わたしに軽くお辞儀をしてから女性たちに声をかける。

「種類によりますが、そこまでむずかしいことはないんですよ」

「そうなんですか？　わたし、前にいただいた苔玉を枯らしてしまって」

「どこに置いてましたか？　室内？　種類は覚えてますか？」

「リビングに置いてました。種類は……なんだっけ」

「苔は本来屋外で育つものなので、なるべく外の環境に近づけた方がいいんです。室内で育てるのに向いているのは、ヒノキゴケやハイゴケ、コツボゴケ、タマゴケ……。苔玉になっていたならたぶん大丈夫な種類だったんだと思いますが」

遠藤さんがすらすらと説明する。

「日あたりを好む苔には日光をたっぷりあてないといけないですし、苔は水を好みますが、蒸れは嫌うんです。だからときどき外の風にあてた方がいい」

「え、そうなんですか？　外の風に？」

「室内で数日楽しんだら、外に出した方がいいんです。室内でもできるだけ風通しのいい棚の上に置いてください」

「知らなかった。そうなんですね」

女性が目を丸くした。遠藤さんは水やりのタイミングや方法など、苔を育てる上での注意点をいくつかあげた。

「でも、種類によって好む環境がちょっとずつちがうんです。毎日様子を見ていればだんだんわかってきますし、調子が悪いと思ったらお店に来て訊いてもらってもいいですよ」

「そうなんですか。じゃあ、ひとつ買ってみようかな」

女性は棚をぐるりと見渡した。

「これはどうですか?」

小さな丸い器にはいった苔を指す。

「ああ、こちらはわりと手がかからないと思います。窓際に置いて、水やりは夏場は一日か二日に一回。ときどき窓を開けるか、外に出してやれば大丈夫です。苔はなかなか成長しないので生きているのか不安になると思いますが、緑色をしていれば生きてますから」

遠藤さんが笑った。

フクイさんと呼ばれた女性がその苔を買い、ふたりは店を出ていった。

「ああ、すみません、お待たせしました」

遠藤さんが申し訳なさそうに頭を下げる。

「いえいえ。お客さまがポップを見ているのでちょっと緊張しました」

「ポップ、評判いいですよ。お店に来た人はみんないいですね、って言ってくれます。写真撮ってSNSにあげてくれた人もいて、客足が伸びて、売りあげもかなりあがりました。豊田さんのおかげです」

ポップが褒められたことより、効果があったと言われたのがうれしかった。

「やっぱり皆さん、育て方が気になるんですね」

「インテリアではなく生き物ですから。動物を飼うよりは楽ですが、生き物と同居する覚悟は必要です。室内のここに置きたい、と思っても、植物の生育には向かない場合もありますし。この店は横にも大きな窓があって、日差しもはいるし、風の通りもいいんです。朝夕はいつも開け放って外の空気を入れてるんですよ」

インテリアではなく生き物……。たしかにその通りだ。文句は言わないが、人間の思い通りにはならない。

「ただ、家に持ち帰って、ここで聞いた通りにしてもうまくいかない、ってことはよくあるんです。いつでも質問に来てください、メールでもいいですよ、とお話ししてるんですが、育て方のリーフレットはほしいなあ、と。それで豊田さんにお願いしたいと思って」

「わかりました。リーフレットはあまり作ったことがないんですが、そちらも手書きが良いですか？」

「そうですね、こちらは読みやすさが大事ですから、ワープロでもいいかもしれません。説明のイラストもあった方がいいですね。大丈夫でしょうか？」

「はい。解説用のイラストならなんとかなると思います」

書店にいたころも簡単なチラシは作っていて、イラストもつけていた。大がかりなレイアウトソフトは持っていないが、マニュアルくらいなら作れるだろう。

「助かります。とりあえず、入れてほしい内容をこちらにまとめておきました」

遠藤さんが書類を出してくる。植物ごとに特徴や適した環境、生育するうえでの注意点、増やし方が書かれている。

「内容はあとでデータでも送ります。こちらをポップの雰囲気と似た感じで整えていただければ……」

「わかりました。古い記録のような形はどうでしょう？　紙も古いノートのような雰囲気のものを探してみます」

「いいですね、そちらでお願いします」

遠藤さんも微笑んだ。

「ところで」

内容について細かい点を整理したあと、遠藤さんが言った。

「実は、豊田さんを紹介してほしい、という店があるのですが……」

「紹介？」

「はい、ポップをお願いしたい、と。知り合いが個人で経営している器のお店です。浜崎《はまざき》さんという女性で、うちで使っている鉢を作っている窯元《かまもと》を紹介してくれた人なんです」

遠藤さんが言った。houshiでは、園芸店でよく見るような素焼きの鉢ではなく、陶器を鉢として使っている。形もきっちりした鉢形ではなく、少しぽってりしていたり、左右非対称だったり。だがそこまで主張は強くない。色の濃淡はあるがモノトーンだ。

「たまたまネットで見つけたオンラインショップで、扱っている器の形が気に入って、でも、鉢として使うには底に穴が必要でしょう？　それで、特注できないか訊いたら、引き受けてくれたんです。いまは窯元と直接取引してますが」

「素敵な鉢だと思ってました。お店の雰囲気ともよく合っていて」

「もともとは西荻《にしおぎ》に実店舗があったらしいんです。古いビルの一階にはいっていたんですが、そのビルが取り壊されることになって。浜崎さんもお子さんができたので、お店はいったん閉めることにしたそうです」

「なるほど」

「オンラインショップだけは続けていたんですが、育児も少し落ち着いたので、ご実家の近くでもう一度実店舗を持とうと思ったらしくて」

「ご実家、どちらなんですか？」

「戸越《とごし》です」

戸越。聞き覚えがある。そうか、この前連句会で行った西馬込の手前の駅だ。都営浅草線で、五反田《ごたんだ》の次。

「いま店舗の準備中なんですね。ただ、以前の店があった西荻窪《にしおぎくぼ》とは周囲の雰囲気がずいぶんちがうので、どういう店づくりにしたらいいか迷っているみたいで。豊田さんのことを話したら、一度相談してみたいって」

「わたしにできるのはポップを書くことぐらいですけど……」

「いえ、それでいいんだと思いますよ。浜崎さんとしては自分の考えをまとめるためにだれかに相談したい、っていうのもあるんじゃないかと」

それでいいなら……。いまは勤めもないのだ。

「わかりました。お役に立てるかわからないですけど、一度うかがってみます」

「ありがとうございます。浜崎さんに豊田さんの連絡先を伝えてもいいですか」

「はい、大丈夫です」

これも縁かもしれない。遠藤さんが気に入ってるお店なら見ておきたい気もしたし、場所が戸越だというのも、連句の世界とつながっているようで心惹かれた。


数日後、浜崎さんからメールが届き、一度お店に行くことになった。お店の名前は「くらしごと」というらしい。

メールの最後に浜崎さんのオンラインショップのURLが載っていたので、どんな商品があるのか見に行った。実店舗準備中のため販売は休止中になっていたが、ふだん扱っている商品の写真は見ることができた。

遠藤さんは器の店と言っていたけれど、器だけではなく暮らしにかかわる道具全般を扱っているらしい。箒《ほうき》、はたき、たわし、さまざまな形のざるやカゴ。生活用品店、日用雑貨店と言った方がいいかもしれない。

ならんでいる品はどれも、自然の素材を材料に、むかしから作られてきた形のもの。添えられた解説を読むと、職人さんの手作りの品らしい。機能的で丈夫、不要な飾りはついていないが、うつくしい。用の美と言われるものだろう。

商品ページを見ていて、ひとつ、すごく気になった品物があった。「応量器《おうりょうき》」という名前の漆器だ。

大きさのちがう五つの椀が入れ子になったもので、小さい方のものは浅く、一汁三菜ならこの器にすべて盛りつけることができる。収納の際には入れ子にできるから、いちばん大きな椀ひとつのスペースですむ。すごく合理的な器だ。

ネットで調べてみると、アイディア商品などではなく、むかしから禅宗の僧が器として用いてきたものらしい。応量器を用いた食事は禅宗の重要な修行であり、厳格な作法がある。いちばん大きな器は釈迦《しゃか》の頂骨《ちょうこつ》であると考えられていて、頭鉢《ずはつ》と呼ばれ、丁重に扱わなければならない、とあった。

収納に優れた応量器を日常で使えるようにしたシリーズということらしい。本来の応量器は黒か朱だが、現代人の好みに合わせ、木の色で仕上げている。和食ならとにかくこのひとそろえがあればことたりる。シンプルだし、機能的だし、すごくかっこいい。ちょっとほしいな、と思った。

新店舗の場所は、戸越銀座商店街。そういえばテレビで紹介されているのを見たことがある。東京の商店街のなかでも有数の長さを誇り、食べ歩きの街として知られているらしい。

お店の商品にも商店街にも俄然興味が出て、訪れるのが楽しみになった。

2

金曜日の夕方、根津から地下鉄に乗って、戸越に向かった。戸越は西馬込と同じように小さな地下駅で、地上に出るといきなり国道である。国道と直交するように戸越銀座商店街がのびていた。

一本道の両側に店がずらっとならんでいる。アーケードはない。生活に密着した店ばかりで、昭和感のあるたたずまいだ。まだ時間があったので、いったん端まで行き、店を見ながらぶらぶら歩いた。

たしかに食べ歩きの町だ。おでんコロッケ、肉巻きおにぎり串に焼き鳥、カレーパン。ソフトクリームやたい焼き、ドーナツ、せんべい……。一日では食べ尽くせないほどたくさんの店がある。

谷根千もむかしながらの店が多いが、外から訪れる人も多い。ここはもっと地元に密着していて、気取らない感じだ。観光地化されていない感じ。こういう場所が東京にもまだあったのか、と思った。

くらしごとは商店街の外れの方にあった。外装はほぼできているが、内装はまだ途中なのか、あちこちシートで覆われている。

「ごめんください」

鍵はかかっていない。ドアを開けて声をかけると、「はーい」という声が聞こえ、奥から小走りに女の人が出てきた。

「豊田です。houshi の遠藤さんから紹介されてきました」

「すみません、お待たせしてしまいました。浜崎です。今日はわざわざありがとうございます」

細身だが、肩幅が広く、骨格がくっきりした人だった。半袖のTシャツにぷかっとした麻のパンツ。ページュの麻のエプロンをつけている。

「暑かったでしょう？　ちょっと待っててください、いま冷たいものを持ってきます」

そう言って奥に戻り、麦茶を入れた薄いグラスをお盆に載せて戻ってきた。

浜崎さんの話によると、実家がこのすぐ近くにあり、結婚するまではこの町で育った。大学を卒業し、しばらく会社に勤め、仕事先で出会った男性と結婚。ここを出て、西荻窪に住みはじめた。

西荻窪を選んだのは、浜崎さんに雑貨店を開く夢があったから。吉祥寺に憧れていたものの家賃が高い。だがとなりの西荻窪ならなんとか手が届きそうだった。数年かけて準備を進め、古いビルの一室を借りて開店。それなりに人気が出て、繁盛していた。

しかし、そのビルが老朽化して取り壊されることになり、同じタイミングで浜崎さんの妊娠がわかった。それでとりあえず店をしばらく閉じることにしたのだ。

「オンラインショップだけは続けていたんですけど、母に育児がはじまったらそれどころじゃなくなる、と言われてしまって。夫ともいろいろ話し合って、結局両親の家の近くに越すと決めたんです。夫の会社もこのあたりからの方が近くて、今後のことを考えるとそれがいちばんいいという結論になりました」

浜崎さんは麦茶を飲みながら言った。

「それで、妊娠中から引っ越し先を探しました。数ヶ月かかりましたが、ちょうどいい物件が見つかって、出産前に滑りこみで引っ越しが終わったんですよ」

「良かったですねえ」

「ほんと、運が良かったんです。出産後はオンラインショップの仕事も母に手伝ってもらってました。引っ越しておいて良かったなあ、って」

浜崎さんはにっこり笑った。

「でも、こちらに来て子どもを育てているうちに、なんだか前とは意識が変わってしまったんですね。西荻にいたころはまわりに個性的な雑貨店がひしめいていて、どうやって特色を出すか、ってことばかり考えてました。器も実用性よりちょっと変わったもの、使い方がわからないようなものばかり置いてましたし。でも、なんだかそういうこと全体が身体に馴染まなくなってしまって」

「どうしてですか」

「うまく言えないんですけど……。やっぱり、西荻窪ってテーマパークみたいなところがあるんですよ。となりの吉祥寺とちがって地元のお客さまも多いんですが、独特のライフスタイルの人が多くて、どこか浮世離れしてるんですね」

以前、友だちに連れられて西荻窪に行ったときのことを思い出し、たしかにそうかもしれない、と思った。

「戸越は生活者の町、って感じですもんね。気取ったところがない」

わたしがそう言うと、浜崎さんもうなずいた。

「ここで子どもを育てはじめたこともありますが、わたし自身もともとはここの生まれだから、やっぱりこっちの方が性に合ってたのかもしれません。それで、店の方向から考え直そう、と」

「方向を?」

「実は、前に盛岡を旅行したとき、そこで見たいろいろなお店がすごくよかったんですよ。『光原社《こうげんしゃ》』っていう民芸関係の工芸品を扱ってる店とか、『ござ九《く》』っていうむかしからの生活雑貨店とか」

「オンラインショップでもカゴやたわしを扱ってましたよね」

「そうなんです。あれももともとはござ九で見かけたもので。こういう店、いいなあ、落ち着くなあ、と思って。そこから少しずつイメージを固めて、オンラインショップをリニューアルして、店名をいまの『くらしごと』に変えました。houshiの遠藤さんと知り合ったのはそれからです。ずっとオンラインショップだけでやってきたんですが、やっぱり実店舗もほしいな、って。手作りのものって、やっぱりひとつずつちがうし、手に取らないと良さが伝わらないですから」

「質感や持ってみた感じもありますし、写真だけじゃわからないですよね」

「そのとき買わなくても、現物を見ると記憶に残るじゃないですか。どれもだれかが手で作ったものだから、そうやって覚えておいてもらいたいな、って思って」

「それでこのお店を……」

店内を見まわす。壁は漆喰だろうか、やわらかい白できれいだった。

「はい。ちょうど前のお店が出たところで、商店街の外れだし、迷いましたけど思い切って借りることにしました。まあ、場所を借りたり、改装したりするのはすごくお金がかかることですけど、場所があるからできることもありますしね。作家さんを招いて、小さな教室を開くのもいいなあ、とか……」

「子どももう小学校高学年で、放課後も友だちと遊びに行くようになりましたし。手がかからない、どころか、夕食まで帰ってこない」

「素敵ですね」

浜崎さんが笑う。

「けど、店が遠かったら、なにかあったときすぐに戻ってこられないでしょう？ ここならほんとに困ったときは子どももすぐに来られる。両親も高齢になってきたし、これからはなにがあるかわからない。近くにいれば安心ですから」

すごいなあ、と思った。子どもを育て、ご両親の様子を見ながら自分の店を作ろうとしている。それが大人ということなんだろうか。

「ただ、気になってることがあって」

「なんですか？」

「お店の雰囲気なんです。うちの製品って無地のものが多いし、地元の人にどうやって良さを伝えたらいいのかな、って。わたしたちくらいの年代はシンプルな食器を好むけど、上の人たちにとってはどうなのか……」

「ネットで見た器は和にも洋にも合いそうで、わたしはすごく素敵だと思いましたけど、デパートで売られている食器とはちょっとちがいますよね」

「うちの両親だと、やっぱり、いかにも萩、とか、九谷、有田、信楽《しがらき》みたいな器をありがたがるんですよね。あんたの店の器はおしゃれすぎてわたしたちにはちょっと、って……」

「そうなんですか。合わせやすいし、使いやすそうに見えますけど」

「絵つけされてたり、手で作った、っていう雰囲気の陶器の方が好きなのかもしれません。シンプルなものだと味気なく見えるのかも」

浜崎さんがそう言ったとき、オンラインショップで見た応量器のことを思い出した。

「あの、オンラインショップに『応量器』っていうのが出てましたよね」

「ええ。あたらしい店でも扱う予定です。一セット販売なので価格は高くなるんですが、あの合理的な形、すごく気に入ってるんです」

「わたしも見たとき感動したんです。すごいなあ、って」

「いいですよね。漆器は落としても割れないし、軽いし、子どもにもいいと思っていて。わたしの知り合いの漆作家が作ったものなんですよ」

「そういえば、オンラインショップには器の作者のプロフィールも載っていましたよね」

「はい。新人さんが多いですが、作家さんの名前を覚えてもらいたいのもあって」

「ポップにそのあたりのことを書くのはどうでしょう？　デパートの高級漆器売り

場みたいな仰々しい感じじゃなくて、でも、その人の経歴とか、どんな想いで器を作ってるとか。そうしたら親しみを感じてくれるんじゃないでしょうか」

最近ではスーパーの野菜でも生産者の名前や写真を入れているところがある。作っている人の顔が見えることで、だれかが大事に育ててきたものなんだ、という想いがわく。

「いいですね。器だけじゃなくて、ざるやカゴや鉄器もみんな作者がいるんですよ。たわしや箒は作者の名前はありませんが、伝統の作り方を説明してもいいですし」

「それがあるとお店にいるだけで楽しいと思います」

「対面で説明するのも大事だと思ってましたが、お客さまもはじめは聞くのを遠慮すると思いますし、ある程度ポップで説明しておくのは効果があるような気がします。豊田さん、お願いできますか?」

「はい。ぜひ」

それから、制作費などについて説明し、どんな雰囲気のポップにするか話し合った。

浜崎さんの話はおもしろかった。食器でも道具でも、しっかりした基準を持って商品を選んでいるのがわかる。この店に置かれているものなら安心、という気持ちになった。

そのときがらがらっとガラス戸が開いた。見ると、ランドセルを背負った男の子が立っている。

「あれ、どうしたの」

「ちょっと友だちと約束してて。家まで帰ってる時間ないから、ランドセル、預かってくれる?」

浜崎さんの息子さんなんだろう。

「いいけど……。ちゃんと夜ごはんまでに帰ってきてよ」

「わかってるよ。あれ、お客さん? こんにちは。母がお世話になってます」

にこにこ笑いながら言って、ぺこっと頭をさげた。

「こんにちは」

母がお世話になってる……。なんだかおかしくて、笑いそうになりながらわたしも頭をさげた。

「なに言ってんの。子どもなんだから余計なこと言わなくていいの」

浜崎さんが言った。でも本気で怒っていないのはわかる。

「まあ、ちゃんとあいさつしたのはえらいよ。じゃあ、行っておいで」

「わかった、サンキュー!」

男の子はそう言って、扉も閉めずに駆け出していった。

「まったくもう……」

浜崎さんは立ちあがり、扉を閉めてランドセルを壁際に寄せた。

「元気ですねえ」

「そうなんですよ」

浜崎さんが苦笑した。

「でも、こうやって頼ってくれるのもあと数年ですからね。高校生くらいになったらもうそんなに話してもくれなくなるだろうし」

少しさびしそうに笑った。

「すみません、長居してしまいました」

「いえ、こちらこそ助かりました。いろいろ考えも整理できましたし。くわしいことはまたおいおい連絡しますね」

「はい。どうぞよろしくお願いします」

そう言って、店を出た。


具体的にどんなポップにするかはまだ少し先の話になりそうだったが、帰りの電車のなかで、くらしごとのポップをどんな形にしたらいいか、ぼんやり考えた。

品物はまだなにもないが、店は両側には白木の棚、真ん中に大きな白木のテーブルが置かれていた。商品は間隔をあけてゆったり置くという話だったが、ポップがあまり目立ちすぎても良くない。

文字数は多めになりそうだし、細い文字の方がおしゃれだけど、年配の人のことを考えたら文字はある程度大きくてはっきりしていた方がいい。読みやすくてシンプルな形。棚も白木だし、上品にまとめるならポップの紙は白が良さそうだ。

浜崎さんや遠藤さん、カナさんの顔を思い出すと、売れるように作らなければ、という責任感がわいてくる。どの店にも、店主の想いが詰まっている。その想いをお客さんにつなげたい。

カナさんが最初に払ってくれた制作費が自分が考えているより大きくて、こんなに受け取っていいのか、と戸惑ったが、これだけ受け取っているんだから成果をあげよう、と考えるべきなんだ、と悟った。

店を営んでいる人にとっては店の売りあげはなによりも大事なんだと思う。それがなければ店を続けられない。いいものを届けたい、という気持ちも大事だが、「売りあげは二の次」なんて言う人はいない。そんな人は商売に向いてない。

カナさんのときも遠藤さんのときもできたポップを発送してしまったけれど、これからは自分で足を運んで届けるようにしよう、と心に決めた。

3

連句の日が近づいてきた。七月のお菓子は「麻布昇月堂《しょうげつどう》」の「一枚流し麻布あんみつ羊かん」。冷蔵庫に入れれば日持ち八日なので、前日に麻布まで買いに行った。一枚流し麻布あんみつ羊かんは、つぶしあんの羊かんに寒天・求肥・栗というあんみつの具が入ったもの。羊かんというと黒一色のイメージが強いが、カラフルな具がごろごろはいっているので、見た目も楽しい。

連句の会場は目黒区民センター社会教育館。大田区の施設がどこもいっぱいで取れなかったらしい。地図を見ると目黒駅から十分くらい歩くようで、あんみつ羊かんを入れる保冷バッグには保冷剤をたっぷり入れた。

目黒駅を出て権之助坂をくだり、目黒川を渡ってから右の小道にはいる。そのまま川沿いの道を歩いた。蟬の声が響いている。しばらくいくとプールが見えた。区民センターと同じ敷地にある区民プールだ。

学校ももう夏休みなのだろう。プールからはにぎやかな子どもたちの声が聞こえてくる。水しぶきがあがり、プールの匂いがして、夏だなあ、と思う。

プールの横を通り、社会教育館へ。建物のなかは涼しく、ほっとひと息つく。エレベーターを待っていると、鈴代さんと陽一さんがやってきた。

「一葉さん、プール見たぁ？」

会うなり、鈴代さんが言った。

「いいなぁ、プール。あまりにも暑くて、わたしもはいりたくなっちゃった」

「いやあ、ほんとですね。よく考えたら、プールを見るのも久しぶりだなあ、って。子どものころは毎日のように行ってたのに、大人になるとなかなか……」

陽一さんが笑った。

エレベーターに乗って会議室へ。航人さん、桂子さん、蒼子さんはもう来ている。今日は悟さんは仕事、萌さんは家の用事でお休み。お子さんが夏休みにはいり、いろいろ忙しいらしい。

ほどなく蛍さんと直也さんもやってきて、連句がはじまった。

発句は夏。みんな来る途中にプールを見たらしい。プールや水泳にまつわる句がずらりとならび、思わず笑ってしまった。結局発句は蒼子さんのプールの句に、脇は鈴代さんの句に決まった。

夏は二句で終わり。第三から四句目は無季。秋の月からもうひとつ秋の句が付き、表六句が終わった。

裏にはいったところで、あんみつ羊かんを出す。

「うわぁ、あんみつ羊かん。うれしい～」

鈴代さんが声をあげる。

「これね、毎年楽しみにしてたから」

桂子さんが微笑んだ。

祖母は毎年七月にはこれを持ってきていたんだなあ。このお菓子だけじゃなくて、どの月も、毎年決まったお菓子があって、それを持ってきていた。みんなの喜ぶ顔がうれしかったんだろう。

羊かんを切り分け、お茶を淹れる。

「そういえば、皆さん、夏休みはどうされるんですか」

直也さんが訊いた。

「わたしはバイトと図書館通いです」

蛍さんが答えた。

「ええーっ、若者なのに、出かけないのぉ？」

鈴代さんが驚いたように言う。

「出かけないです。実はひとつ夢があって……」

蛍さんはそこでちょっと口ごもった。

「夢？」

鈴代さんが蛍さんの顔をのぞきこむ。

「今年は一編、小説を書こうと思ってるんです」

思い切ったように、蛍さんが言った。

「小説！」

「すごいわねえ」

「いいんじゃない？」

鈴代さん、蒼子さん、桂子さんが次々に言った。

「来年は就活と卒論で大変だと思うし、今年のうちに完成させたいな、って」

はきはきと話す蛍さんをすごいなあ、と思う。なんというか、自分の力を信じている。自分になにかできると信じて、夢に向かって進もうとしてる。自分はいままでそういうことがなかったなあ、と思う。

「いいものが書けるかわからないですけど、いましか書けないものがあるんじゃないかと思うんです」

「いましか書けない……。うーん、若者らしいですね。素晴らしい」

航人さんがうなずく。

「たしかに。小説は体力が必要ですよね。いまの自分にはとてもできない」

直也さんが言った。

「いいですよね、どこかに行くだけが夏じゃないですよ」

陽一さんもうなずいた。

「がんばります。できたら持ってきます！」

蛍さんが元気に言った。

「桂子さんや蒼子さんはどうされるんですか？」

鈴代さんが訊いた。

「夏はね、暑いから家に引っこんでるわよ、せいぜい孫が来るくらい。うちはもうふたりとも引退してるから、旅行なんかはいつだって行けるし」

桂子さんが言った。

「わたしもとくに大きな予定はないんです。今年は娘が短期留学することになったから、親は我慢。近場の温泉くらい行こうかな、って話してますけど。直也さんは？」

蒼子さんが直也さんに訊く。

「息子の希望で例によって鉄道旅行ですよ。東北に行くんです。妻と娘もいっしょなので、鉄道ばかりっていうわけにはいかないですが、そこはバランスを見て」

直也さんが笑う。

「東北？　いいですね」

陽一さんが言った。

「僕も以前東北に住んでいたことがあって……」

「え、そうなの？」

鈴代さんが訊いた。

「そうなんです。震災のあとにしばらく向こうに住んでる親戚を手伝ってて……。フリーのSEなんで、仕事はわりとどこでもできるんですよ」

「そうなんですか」

「ツイッター連句に参加したときは、実は東北にいたんです」

「ネットだとどこに住んでてもできるもんね」

蒼子さんが言った。

「いや、あのころはいろいろ模索してたので……。あそこでいろいろな人と出会って、道がひらけたところもあるんですよ」

陽一さんが言った。

震災のあと親戚を手伝うために東北に？　SEをしながら？　いままでよく知らなかったが、陽一さんというのも不思議な人だ。

「鈴代さんは？」

蛍さんが訊く。

「わたしは！　きっちりバカンスしますっ！　国内旅行ですけど、な、なんと、四季島スイートが当たったんです！」

「ええっ、あの豪華トレイン？」

桂子さんが身を乗り出す。

「そうなんです。二泊三日コースですけど、ずっと取りたくて……。おかげで貯金が吹っ飛びましたけど、母とふたりで行ってきます」

「お母さまと？　素敵ねえ」

「すいません、写真撮ったらぜひ見せてください」

直也さんが言った。

「一葉さんは？　どこか行くの？」

蒼子さんが訊いてくる。

「わたしも……とくに予定は……。なにしろいま無職ですし……」

思わず苦笑する。

「ポップの仕事は？　その後進展あった？」

「はい、今度、器のお店のお手伝いをすることになるかもです。いい感じのお店なんですよ、器だけじゃなくて、暮らしの道具を扱ってるような……」

「暮らしの道具？」

「はい、カゴとか、ざるとか、たわしとか……。職人さんの手作りの品で、すごく味わいがあるんです。盛岡の『ござ九』や『光原社』を参考にした、とか……」

「『ござ九』、『光原社』、知ってます。むかし立ち寄りました」

陽一さんが言った。

「わたしも行きましたよ。『光原社』は宮沢賢治《みやざわけんじ》ゆかりの場所ですから」

桂子さんもうなずく。みんないろいろなところに行ってるんだなあ。そういう体験があるから創作ができるのかも。

「航人さんはどうされるんです？」

桂子さんが航人さんの方を見た。

「まだ決めてないんです。夏季休暇は取ってるから、どこか国内旅行でも、と」

航人さんが答えた。夏季休暇？　ということは航人さんは勤め人なのか。いままで航人さんの職業のことを考えたことがなかった。そういえば自己紹介のときも、航人さんの話はなかったような……。

「そういえば……。航人さんって、どんなお仕事をされてるんですか？」

「あら、一葉さん、知らなかった？」

「はい。ほかの方の自己紹介はうかがったんですけど、航人さんのはまだ……。それに祖母からも連句の席での航人さんのことしか……」

「そうだったっけ？　僕は、ふつうの会社員ですよ。文京区にある『印刷文化博物館』っていう博物館に勤めてて……」

はじめて聞く名前だが、大手印刷会社が運営している博物館で、国内外の印刷物の歴史を紹介しているらしい。

「学芸員ということですか？」

「うーん、学芸員免許は持ってるけど、そういう枠で入社したわけじゃないんです。もともとはふつうの営業マンで、途中で博物館勤務になった」

「あら、でも、航人さんは日本の江戸時代の印刷文化にすごくくわしいのよ。浮世絵のこともよくご存じだし。大学でも江戸文化を学んでらしたんでしょう？」

桂子さんが言った。

「まあまあ、それはむかしのことだから。そんなことより、そろそろ裏の一句目を作ってくださいね」

航人さんに言われ、みんな短冊を手に取った。

4

秋晴れにルイボスティーを飲みながら　蒼子
　草の香のするうつくしき人　鈴代
薄明の路地裏で指からませて　陽一
　あこがれればかり募らせていた　蛍

裏一句目は表に続いて秋。蒼子さんのさわやかな句が付いた。鈴代さんの「うつくしき人」からだんだん恋にはいっていく。陽一さん、蛍さんの付け合いに、桂子さんが、若さがまぶしいわぁ、と微笑んだ。

「次はどうしましょう」

直也さんが首をかしげる。

「もう一句くらい恋を続けてもいいですよ。まだ季節もなしでいいですし」

航人さんが答える。

「『薄明の路地裏』の句が自他半ですから、ここは場でもいいし、自でも他でもいいんですよ」

ええと、場とは人が出てこない句。自は自分のことを詠んだ句。他は他人を詠んだ句で、自他半は自分と他人が両方出てくる。最近はようやく訊かなくてもわかるようになった。でも……。

「あの、すみません。なにが自で、なにが場で、っていうのはだいたいわかるようになったんですけど、そもそもこの四つに分ける、っていうのが不思議で……」

わたしは訊いた。

「そうだねえ、ちょっと不思議、っていうか、ずいぶんとざっくりした分け方に見えるよね。人が歩いても、恋しても、悩んでも、死んでも、自分がしていることならみんな同じ。場所が海でも町でも宇宙でも、人が出てこない句はみんな同じ」

航人さんが笑った。

「それもまた連句のおもしろいところだよね。できるだけ前の前の句から離れようとする。似ないようにする。そのためにはこれくらいざっくりした分け方が必要なんだと思いますよ。自の句は、どんなに趣向を変えても自の句でしかない」

「それくらい遠目から見た方がいいってことなんでしょうかね」

直也さんが言った。

「そうかもしれませんねえ」

航人さんはあいまいにうなずく。

自の句は、どんなに趣向を変えても自の句。いつもながら、わかったような、わからないような。続けていたらわかる日がいつか来るんだろうか。

「このあたりで時事句もいいかもしれませんね」

蒼子さんがいった。

「ああ、時事句。そうねえ、それもいいかも」

桂子さんがうなずく。

そういえば、連句ではだいたい一巻に一句は時事句を入れるのだ。時事句とは、時事、つまり最近のニュースにまつわる句だ。

「そうですね、恋の句はどうしても小さく濃い世界になるから、ここで一気に現実の世界に目を向けるのは悪くないですね。時事句もいいと思います」

航人さんが言った。

「時事句を入れるっていうのも、考えたら不思議ですよね。短歌や俳句にはあまりない考え方じゃないですか。時事を扱うと世俗的になりますし、普遍性もなくなるでしょう？」

直也さんが言う。

「まあ、そもそも近世の俳諧には時事句はありませんでしたからね」

航人さんが言った。

「そうなんですか？」

「いろいろあるでしょう、お上が怖かったんですよ。だから、時の政治や世情を詠むのはタブーだった」

「なるほど」

　直也さんがうなずいた。

「近代になってもそういう意識はずっとあったんですね。変わったのは戦後になってからだと聞きます。自由を尊重するようになるにつれ、時事句が増えていった。つまり、時事句は自由の象徴なんです。それに、時事句を入れるとそのときの記録にもなるでしょう？」

「たしかに、そうですね」

　陽一さんが言った。

「でも少し前までは、最近の事件とか、いま生きている人の名前は入れなかったんですよ。俗になりすぎるというか、そこだけなまなましくなり過ぎて、バランスが悪くなる」

　航人さんが言った。

「冬星さんがむかしいた会の宗匠は時事句を好まなかったみたいですよね。でも、ご自分で『堅香子』をはじめてからは時事句を重視するようになった、っておっしゃってたような」

　桂子さんが首をかしげる。

「そうでした。格調高い句はうつくしいけど、それだけではやっぱり単調になってしまう、俗なものにも目を向けないと森羅万象を詠むことにならないって」

蒼子さんもうなずく。

森羅万象。いままでの会でも何度か耳にした言葉だ。連句では森羅万象を詠む。わたしもしっかりわかっているわけではないが、ひとつのテーマにかたよることなく、一巻のなかにできるだけ多様な要素を入れる、という意味みたいだ。

「だから、あえてなまなましいものも入れる。ほんとうに森羅万象を詠むなら、新聞の三面記事や、週刊誌のゴシップみたいなものも入れないとダメなんだ、って。よくそうおっしゃってた。きれいごとだけじゃ、つまらないって」

桂子さんが言った。祖母もときどき冬星さんという人のことを話していた。桂子さんや蒼子さんは、連句の話をするときいつも冬星さんのことを言う。それだけすごい人だったということなんだろう。

「そういえば冬星さん、女性は年を取っても前向きな句を作る人が多い、ダメなのは男、でも、それも大事、ともおっしゃってましたねえ」

蒼子さんがからから笑う。

「ダメなのは男……ですか」

直也さんが苦笑いした。

「若いころは理想に燃えてても、中年すぎるとだんだんね。なんとなく疲れて、元気がなくなってく。休日もお酒を飲んでぐだぐだしてるだけ、とかね」

「あああ。すごくわかります」

　直也さんがため息をつく。

「でも、冬星さんはそれも人間らしい、って」

「女はそれにくらべると、いつまでも生き生きと、うつくしいものに憧れていられる。どっちがいいってことじゃないし、両方ないと連句にならないっておっしゃってましたね」

　蒼子さんがうなずいた。

「そういうことを思い出しても、つくづく冬星さんは懐が深くて、やさしい人だったなあ、って思うのよねえ」

　桂子さんが息をつき、航人さんの方を見る。航人さんはじっと黙って窓の方を向いていた。

「ねえ、航人さん」

　桂子さんが航人さんに声をかける。

「あ、ええ、そうですね」

　航人さんはぼそっと答えた。いつになく表情が硬く、心ここにあらずに見えた。

　桂子さんも蒼子さんも黙り、しばらく不自然な沈黙が流れた。

「あ、そろそろ次の句を作らないと」

蒼子さんが短冊を持つ。

「そうね」

桂子さんも鉛筆を握った。

「そうですよ、表はすいすい進んだのに、結局ふだんと似たような時間になってるじゃないですか」

航人さんが笑った。いつもの顔である。さっきの表情がなんとなく気になったが、この場で人に訊くわけにもいかず、鉛筆を握って句を考えはじめた。

5

急にみんなしんとなって、筆記具を走らせる音だけが響いた。

——もう一句くらい恋を続けてもいいですよ。まだ季節もなしでいいですし。

——『薄明の路地裏』の句が自他半ですから、ここは場でもいいし、自でも他でもいいんですよ。

——このあたりで時事句もいいかもしれませんね。

さっきの航人さんと蒼子さんの言葉を思い出す。

季節はなし。場とは人が出てこない句、自は自分のことを詠んだ句、他は他人を詠んだ句。もう一句恋でもいいし、時事句でもいい。ホワイトボードに書かれた「あこがればかり募らせていた」という蛍さんの句を見て、じっと考える。

あこがれ……。そういえば、香川幹彦《かがわみきひこ》、亡くなったんだっけ。

香川幹彦は昭和の大スターだ。映画俳優でもあり、歌手でもあった。映画デビュー作のタイトルが「あこがれ」。義理の姉に憧れる大学生の役で、長身で少し影のある顔立ちに、当時の若い女性たちは熱狂したのだそうだ。

なぜそんな古い映画を知っているかというと、祖母が香川幹彦の大ファンだったからだ。祖母は香川幹彦と同世代で、デビュー当時からのファンだった。ケーブルテレビの日本映画のチャンネルで香川幹彦が出演している映画が放映されるたびに録画して見ていて、わたしも何度かつきあったことがある。

たしかに若いころの香川幹彦は素敵だった。線は細いが目に鋭い輝きがあり、いまの若い俳優とはちがう、野生的な強さが感じられた。「あこがれ」の少し鬱屈した役柄とよく合っていた。

数日前、その香川幹彦が亡くなったのだ。ある時期以降の香川にはあまりいい噂がない。元女優の大津史子《おおつふみこ》と離婚後は、周囲から人が離れ、芸能界からも姿を消した。ニュースでは孤独死だったと報じられ、祖母が見なくてよかった、と思った。

報道ではずっと「海のブルース」が流れていた。香川幹彦の若いころのヒット曲で、祖母も好きだったなあ、と思い出す。

――若いころは会社の同僚たちと映画を見に行って、帰りはみんなで、素敵だねえ、ってため息ばかりついてた。

祖母はそう言っていた。

前に一度、若いころの祖母の写真を見せてもらったことがある。同じくらいの女性数人で撮った写真だ。祖母は高卒で就職し、銀座でオフィスガールをしていた。いっしょに写っているのはそのころの同僚だった。

祖母は髪をアップにして、にっこり笑っている。ヘップバーンの「ローマの休日」のような白いブラウスにロングのフレアースカート、ヒールの靴。顔にはまだあどけなさが残っていた。

わたしはよく、祖母と似ている、と言われていた。若いころの写真を見て、そうかもしれない、と感じた。

――お勤めしてたころは、銀座まで都電で通ってたの。毎日ヒールだったから、帰るころになると足が痛くて痛くて。早く家に帰って靴を脱ぎたい。それぱっかり考えてた。

よくそんなことを言ってたっけ。祖母にも若いころがあったんだよなあ。あたりまえのことだけど、なんだか不思議だ。

香川幹彦なら時事句になるよね。

いまもなお海のブルース響きをり

短冊にそう書いて航人さんの前に置く。

「ああ、時事句ですね」

航人さんが言った。

「『あこがれ』だから香川幹彦か。いいですね、これにしましょう」

そう言って、蒼子さんに短冊を渡した。

「海のブルース。香川幹彦ね。一葉さん、若いのによく知ってるわね」

ホワイトボードに書かれた句を見て、桂子さんが言った。

「はい。祖母が大好きだったんです」

「そうなの？　知らなかった。わたしも大好きだったのよ」

桂子さんが目を丸くする。

「なんだ、知ってたら香川幹彦の話、したのに」

残念そうな顔だ。

「でも、まあ、仕方ないわよね。わたしたちが出会ったときは、もうふたりとも子育てが一段落したあたりだったし、香川幹彦も姿を消しちゃってたから」

「治子さんと桂子さん、どっちが先に堅香子にはいったんでしたっけ」

蒼子さんが訊く。

「治子さんの方が先。わたしがはいったときはもう治子さんも果林《かりん》さんもいた。いまここにいるなかであのふたりより古いのは航人さんだけですよね」

桂子さんが航人さんの方を見る。

「そうですね」

航人さんがうなずく。

「果林さんってどなたですか？」

鈴代さんが訊いた。

「むかしの堅香子のメンバーよ。治子さんを堅香子に連れてきた人」

桂子さんの話によれば、祖母が連句をはじめたのは三十年くらい前のこと。当時航人さんは大学生だったけれど、もう堅香子に所属していた。果林さんは俳人で、堅香子のメンバーでもあった。

祖母とは子どもの通っていた小学校で知り合った。いまでいうママ友である。子どもが学校を卒業したあとも果林さんと祖母のつきあいは続いた。あるとき祖母が、自分も果林さんみたいになにか表現ができたら、とぼやいた。それで、果林さんが堅香子に誘った、ということらしい。

「果林さんの話だと、治子さん、最初は、自分にはできない、むずかしそう、って言ってたみたいで。でも果林さんが、連句は俳句とはちがう、治子さんは手紙の文章もうまいし、人の心を感じ取ることもできるから必ずできる、って引っ張ってきたんですって」

果林さんという名前は記憶になかったが、よく考えると、なぜ連句をはじめたか祖母に訊いたとき、最初は友だちに誘われて行った、と話していた気がする。

「あのときのこと、よく覚えていますよ」

航人さんが言った。

「最初はなかなか句を出せずにいたんですよね。自分は句なんて作れないから、見てるだけでいいです、って言って。けど、果林さんの『我勝ちに口を開けたる燕《つばめ》の子』という句のあとに治子さんが『むかし遊んだぶらんこに乗る』という句を作って……」

「春の句ですね」

蛍さんが言った。

「そう。燕が春で、ぶらんこも春」

ぶらんこが春の季語だというのは、前に祖母から聞いた。年中あるものだからなぜ、と思ったが、もともと中国の春の祭りで行われる遊びだったらしい。

「三十年前のことなんですよね？　そんなむかしの句を覚えてるんですか？　まさかこれまで巻いた連句のすべての句を覚えているとか……？」

鈴代さんが言った。

「まさか」

航人さんが笑う。

「いや、一年くらいはね。むかしはその年に巻いた連句は全部そらで言えたものだけど……」

「ほんとですか！　すごい！」

蛍さんが声をあげた。

「いやいや、捌きをしていると、そんなものなんですよ。でも、さすがに三十年前のものまでは思い出せない。あのときはちょっと衝撃を受けたんですよ、だから特別よく覚えているんです」

「衝撃って、どんな？」

直也さんが訊く。

「その付け合い、僕は、燕の子のあとに人間の子どもの様子を付けたのかな、って思ったんですよ」

「え、ちがうんですか？　僕もてっきりそういうことかと。子どもが少し成長してから小さいころ遊んだ公園に来て……」

陽一さんが言う。

「まあ、そうも読めるんですけど。そのとき冬星さんが言ったんですよ、『これは子どもが巣立ったあとのお母さんの句ですね』って」

航人さんがそう言うと、蒼子さんがはっとしたような顔になり、桂子さんが、ああ、なるほど、とつぶやいた。

——冬星さんってすごい人だったのよ。わたしが最初に連句に行ったときね……。

祖母の声が耳の奥によみがえり、そういえばこの話、祖母からも聞いたことがあった、と思い出した。

——燕の子を詠んだ句の後に春の句を付けようと思って歳時記をめくっていて、ぶらんこが春の季語だって知ったの。そのときなんとなく近所の公園のぶらんこを思い出して。そのころは子どもがみんなひとりだちしてしまったころで、むかしはよく子どもたちとあれで遊んだなあって。それでなつかしくなってひとりで乗って、こいでみたの。

祖母はそう言って目を細めた。

——いまでは立派になったけど、小さいころの道雄《みちお》はすごく臆病だったのよ。みんな平気でジャングルジムにのぼったり、滑り台で滑ったりしてるのに、できなくて。ぶらんこだって、わたしがいっしょに乗らなくちゃならなかった。わたしが乗って、膝の上に道雄を載せて。そうするとすごくうれしそうに笑うの。

道雄とはわたしの父である。あの父がそんなだったとは。少しびっくりしながらその話を聞いた。

——それでね、『むかし遊んだぶらんこに乗る』っていう句を出した。きっとみんな子どもの話だって取るだろう、って思った。その方がよかったの。こんなおばさんがぶらんこに乗るなんて変だし、気づかれないと思って。

祖母はそう言って笑った。

——でもね、冬星さんは短冊を見るなり、これは、子どもが巣立ったあとのお母さんの句ですね、って。そう言ってわたしの目をじっと見た。びっくりしたの。こういう千里眼みたいな人がいるんだ、って。それが最初に取ってもらった句。

　そうだ、これは祖母といっしょに散歩していたときに聞いた話だ。以前の家の近くを歩いていて、むかし遊んでいたというその公園の前を通りかかったのだ。はいってみると、遊具はすべてあたらしいものに変わってしまっていた。

「その話、わたしも祖母から聞きました」

少し考えてから、わたしは言った。

「冬星さんという先生のこと、祖母は千里眼みたいって言ってました」

「千里眼……。そうかもね。でも、捌きをする人は、みんな多かれ少なかれ、そういうところがあるかも」

桂子さんが言った。

「祖母はすごくびっくりして……。でも、救われた、って言ってました」

「救われた？」

蛍さんが訊いてくる。

「当時、祖母はちょっとさびしかったみたいなんです。子どもたちが大きくなって、自分から離れていって。このままじゃ子どもが家を出たあと『空の巣症候群』になるかも、って。だけど、だれにも相談できなかった。言っても、おおげさね、とか、みんなそうだよ、って言われるだけ。だからずっと我慢していたんだそうです」

「うん、わかる」

桂子さんがうなずく。

そういえば浜崎さんも、こうやって頼ってくれるのもあと数年ですから、とさびしそうな顔をしていた。わたしにはまだわからないけど、きっと多くの親が感じる想いなんだろう。ありふれた、でも切実な想い。

「子育てが終わるってね、もちろん子どもが離れていくさびしさもあるんだけど、自分の人生の終わりも感じるのよ。ああ、これでまっとうしたんだなあ、って。死がひたひたと近づいてくる感じがする」

桂子さんが言う。

「そうなんですね。わたしにはまだわからない領域です……」

蛍さんがつぶやくように言う。

「そりゃそうよ、若いんだから。そんなことまでわからなくてもいいのよ」

桂子さんがふぉっふぉっふぉっと笑った。

「祖母は言ってました。自分の気持ちをこっそりその句にこめた。それを冬星さんが読み取ってくれた。そのとき、この場に受け入れられた気がしたんだそうです。それで、堅香子に通うことを決めたんだ、って」

──でもね、わたしはそこに集まってる人たちみたいにうまい句は詠めないから。だからせめて毎回おいしいお菓子を届けようと思ったの。

祖母のやわらかい声がよみがえってくる。

「連句が人の心を救うこともあるのよね」

桂子さんが息をついた。

「少しわかる。短歌も俳句もひとりで書くものでしょ。もちろんできあがったものを読んでくれる人がいて、感想をくれたりもするんだけど、連なる、っていうのはまた別なのよね」

「そうなんですか？」

蛍さんが訊く。

「なにかの想いをこっそりこめて句を出す。だれかがその意味を読み取って、自分もこっそりなにかの想いをこめて句を打ち返してくる。おたがいにこっそりってとこがいいのよ。こっそりじゃないと言えないこともあるでしょう？」

「そうか、そうですね」

蛍さんがうなずく。

「ところでその果林さんという方、いまは？　ほかの連句会にいらっしゃるんですか？」

直也さんが訊いた。

「亡くなったのよ。まだ六十代だったのに、心臓の病気でね。急なことだったから、みんなショックだった。治子さんはとくにね。そのころはまだ冬星さんも元気だったし、みんなで果林さんの追悼の連句を巻いた」

桂子さんがぽつんと言った。

そんなことがあったのか。当時わたしはまだ小学生で、全然知らなかった。

時は流れていくんだな。座に集った人々を見ながら、自分もやがて鈴代さんの年になり、蒼子さんの年になり、桂子さんの年になるのだと思った。
そして、いまはもういない冬星さんという人のことがますます気になってきた。このなかで冬星さんを直接知っているのは航人さんと蒼子さんと桂子さんだけ。どんな人だったんだろう。いつかもっとくわしく聞いてみたい。

秋晴れにルイボスティーを飲みながら　蒼子
　草の香のするうつくしき人　鈴代
薄明の路地裏で指からませて　陽一
　あこがればかり募らせていた　蛍
いまもなお海のブルース響きをり　一葉

句と句のあいだに集った人の想いがにじんでいる。これが連句の楽しみなのかもしれないな。ホワイトボードにならんだ句を見つめながら、そんなことを考えていた。

見えない花

1

「くらしごと」の内装がほぼできあがり、浜崎さんと何度かメールでやりとりして、ポップの方向を固めた。実際に見に行かないとわからないところもあるので、八月の半ばに一度足を運んだ。

商品が棚にならびはじめていた。キッチン関係のものが多いが、ほかにもお風呂関係、ガーデニング関係、掃除関係……。暮らしの場面に合わせてゾーンに分かれているので使い方を想像しやすい。

裏にはドアがあり、その向こうの小さな庭にテーブルふたつと椅子が置かれ、お客さまが休めるようになっている。ゆくゆくはテーブルをもうひとつ増やし、カフェとしても使えるようにしたいと言っていた。

ポップのおおまかなイメージは最初に考えた通りだったが、浜崎さんと相談するうちに、器には作った人からのメッセージ、暮らしの道具には使い方の提案をしっかり入れようということになった。

へらや刷毛《はけ》、ざるやせいろや曲げわっぱ。むかしながらの調理器具には使ってみると便利なものがたくさんある。たわしやはたきもわたしたちにはあまり馴染みがないが、なかなか勝手の良いものらしい。

そういえば、祖母もずっとむかしながらの蒸し器を使っていて、これでないとうまくいかないと言っていたなあ、と思い出した。

畑の道具でもなんでも、むかしは使う人の都合に合わせて、職人がひとつひとつ手作りしていた。いますべてのものをそんなふうに作ることはできないけれど、ここにあるものはみな人の手で作られたものなんだな、と思うと、生き生きと力強いものに見えてくる。

どの品物にも作り手が使い勝手を考えて工夫したあとがある。木のスプーンを一本買って使ってみたが、口あたりのよさに驚いた。これで食べるとアイスクリームが驚くほどおいしい。

ものによっては、壊れたら修理してくれるらしい。慣れるほど使いやすくなるし、手入れすれば長く使えるものだから、と言う。

――だからポップだけじゃなくて、作り手の工夫や使い方のコツや、手入れの仕方をまとめたリーフレットをいっしょにお渡ししたいんです。

浜崎さんはそう言った。

印刷会社に頼むほどの数は必要ないけれど、統一したデザインできちんとしたものを作りたいらしい。だからデザインだけ請け負い、お店のプリンターで必要な枚数印刷することになった。

浜崎さんの説明をもとに、小さなイラストも入れた。例の応量器のリーフレットも作らせてもらった。応量器は解説をつけて目立つように置けば必ず売れる気がした。浜崎さんにもそう勧めて、ポップも大きく作った。

オープン前日にお店を訪ねると、商品とともにわたしのデザインしたポップが棚にならび、リーフレットもひとつの棚に整理されていた。お店の雰囲気にうまく溶けこんでいてほっとする。

「僕はけっこういいと思うよ」

たまたま浜崎さんの息子さんもお店にいて、商品の棚を見ながらそう言った。

「ポップ、っていうの？　この紙と店の雰囲気も合っててさ。商品だけだったらふつーの店だけど、この紙があるからなんかおしゃれに見える、っていうか」

息子さんが大人びた口調でそう言うと、浜崎さんが、生意気なこと言って、とちょっと笑いながら叱った。

「でも、おしゃれって言われるとうれしいですよ」

「そうだよ、僕は褒めてるの。だって、この紙なかったら使い方がわからないものけっこうあるし、この紙が店の雰囲気盛りあげてると思う」

「ほんと？」

「うん。字もきれいだしさ。お母さんの字じゃ、こうはいかないじゃない？　お姉さん、プロだよね。こういうのがちゃんとしてると、しっかりした店、って感じするよ」

「もう、あんたは……。そろそろ塾行く時間じゃないの？」

浜崎さんが困ったように言った。

「この店の品物、使ってみるといいんだけど、いまひとつ地味だからなあ。こういうのがあると、お客さんも、おっ、って思うじゃん。大事だよ、やっぱり」

「そんなことはお母さんもわかってる、って。だから豊田さんに頼んだんだし。いいから早く塾に行きなさい」

「はーい」

息子さんは生返事をしながら塾用のリュックを背負った。

「ああ、外、暑いんだよなあ。じゃあ、行ってきまーす」

ぼやきながら外に出ていった。

「しっかりしてますね」

わたしが言うと、浜崎さんは困ったように笑う。

「ああいうしゃべり方、どこで覚えてくるんでしょうねえ。ほんとすみません、偉そうに」

「いえ、褒めてもらってうれしかったですよ、ほんとに」

本心だった。お世辞じゃない、と思ったし、わたしが意図したことが伝わっているのがわかって、うれしかった。

子どものころから得意と言えるのは書道くらい。それも展覧会では佳作止まり。自己表現と言われるものは可もなく不可もなく。独創性とか創造性とかいうものとは無縁だと思っていた。

ポップは作品じゃない。だが、なにかをアピールすることはできる。単に商品の説明だけではなく、店の雰囲気を作ることもできる。もしかしたら、わたしはそういう仕事が向いているのかもしれない、と思った。


月末になり、連句会の日が近づいてきた。

八月のお菓子は上野桜木の「桃林堂《とうりんどう》」の「和ゼリー」。近所の馴染みの店で、この和ゼリーも祖母が生きていたころはよく食べた。

砂糖の衣をまとった小さな四角いお菓子で、ほのかに洋酒の風味が効いている。

色とりどりで見た目もかわいらしく、祖母はこれを食べるとおしゃれな気分になれるのよね、と言っていた。祖母の部屋でお茶を飲むときは、よくこのお菓子が出たものだ。

日持ちするお菓子なので、前もって買っておこうと思った。八月の終わりだが、まだ暑い。日中を避け、朝一番に歩いて向かう。わりと涼しかったので、上野公園まで足をのばした。

夏休みだからか、上野公園は朝からけっこう人出があった。祖母が元気だったころは、ときどきいっしょに東京国立博物館や西洋美術館、東京都美術館などを訪れた。

興味がある企画展には列にならんではいったものだけど、祖母は、常設展の方が落ち着くね、と言っていた。常設と言っても展示替えもあるし、同じものを見てもそのときの心の持ちようで、前には見えなかったものが見えるのだ、と。

——あれもこれもずっとむかしにだれかが作ったものでしょう?

あれはいつだっただろう。漆工芸のほの暗い展示室で祖母が言った。

——漆を何度も塗って、細かい細工をして、何度も研《と》いで。気の遠くなるような時間をかけて、ひとつひとつ作ったんだよね。想像するとちょっと怖くなる。なんのために作ってたんだろうねえ。

——偉い人に命じられたからじゃないの？

——そうだけど、それだけじゃできない気がするよ。

——じゃあ、おばあちゃんはなんでだと思う？

——ものを作ってるときって、みんな遠いところにつながってるんじゃないかな。すごく遠いところ。そこに向けて作ってる。だからどんなに時間がかかってもいい。遠いところ。それは空間だろうか、時間だろうか。たしかに長い時間を経て、いまここに届いている。だけど、これは博物館のガラスケースにおさまるために作られたものでもない気がした。

どんな人に作られたんだろう。どんな人にどんなふうに使われてきたものなんだろう。どうしてこんな遠い時代まで流れ着いてきたんだろう。そんな想いが浮かんで、怖くなる。ガラスケースのなかが異空間のように思えてくる。

いっしょに博物館をめぐった祖母ももうどこにもいない。ふうっと息をつきながら、公園の桜並木をぼんやり歩いた。いまは葉が茂っているが、春には桜が咲き誇り、花見の客もたくさん出る。

祖母とも毎年見にきた。もちろん花見客でごったがえす夜ではなく、昼間である。

——花を見ると、むかしの花を思い出す。

いつだったか、そんなことを言ってたっけ。

祖母の言葉と同時に、連句の席で桂子さんが言っていたことも思い出した。

――いつも花と月で飽きるんじゃないか、と思ってたけど、不思議と飽きないのよねえ。桜は毎年咲くけど、毎年きれいに見える。それと同じ。年をとってくると、どんどんきれいに見えるようになる。

しみじみそう語っていた桂子さんの顔が浮かび、そうかもしれない、と感じた。

2

八月最後の土曜日、連句会の日がやって来た。会場は前にも行った池上梅園。例によって持ち寄りランチ会もある。前回は自分用の小さなお弁当しか持っていかず、失敗した、と思ったから、今回は抜かりなく取り分けできる料理を準備した。

ごはんものはだぶると良くない。夏場だから傷みも気になる。母に相談し、豚肉の梅しそ巻きにした。焼きはじめると、キッチンにいい匂いが立ちこめた。

「連句、けっこうはまってるみたいねぇ。最初はおばあちゃんの代わりにお菓子持っていくだけだって言ってたのに」

母が笑った。

「うん……。けっこう頭使うし、楽しいんだよね」

ポップの仕事ばかりして、再就職先は全然探していない。でももしまた書店に勤めはじめたら、休日勤務が多くて連句会にも行けなくなるかもしれない。それはちょっと嫌だなあ、と思う。

「こんなことばっかりしてる場合じゃないんだけど……」

「そうかな？　わたしはよかったなあ、と思ってるけど。おばあちゃんがお世話になった人たちでしょう？　不義理するわけにもいかないから、どうしようって思ってたの。って言っても、お父さんもわたしも連句なんて全然わからないし、一葉が行ってくれて助かってる」

「そうなの？」

「それに趣味はあった方がいいんじゃないの？　おばあちゃんも、連句会の前はいつもうきうきしてたしねえ。あ、そうだ」

母はそう言って、戸棚の上に手をのばす。

「おばあちゃん、連句にお弁当持ってくときは、いつもこれを使ってたよ」

戸棚から四角い箱を取り出し、テーブルに置く。

蓋を開けると漆の重箱が出てきた。

むかし親戚の結婚式の引き出物でもらったという飛驒春慶塗《ひだしゅんけいぬり》で、木目を生かした無地の重箱だ。うちではお正月のおせちで使うくらいだが、漆と言っても赤や黒ではないから、おめでたすぎることもない。

「これの一段だけ使ってたよ。タッパーより風情があるし、軽いからいいんじゃない？」

豚肉の梅しそ巻きは汁も出ないし、重箱でも大丈夫そうだ。

ためしに詰めてみると、タッパーより少なくとも二割り増しでおいしそうに見えた。じゅうぶん冷ましてから蓋を閉め、小さな風呂敷で包んだ。

風呂敷包みの重箱と和ゼリーを大きな袋に入れて、西馬込に向かう。最近はくらしごとの仕事があるので、都営浅草線にも慣れてきた。戸越を過ぎ、中延、馬込。電車に揺られながら春に池上梅園に行ったときのことを思い出した。

考えたらあれが最初だったんだな。さっき母にも言われたけれど、あのときはただ桜もちを届けるだけのつもりだった。なのに結局そのあと毎月通っている。

——いつか一葉もいっしょに行かない？

祖母の声を思い出す。あのころは連句というものがよくわからないし、句を作れる自信もなくて、結局一度も行かなかった。

こんなことなら祖母が生きているうちにいっしょに行けばよかったなあ。そうしたら、祖母と同じ座で連句を巻けたのだ。祖母の句にわたしの句が付く、わたしの句に祖母の句が付く。そんなこともあったかもしれない。

連句を巻いていると、付け合いというのは特別なつながりのように思える。時空を超えたつながり。ずっとむかしのことが未来につながったり、遠い異国の地がいまここにつながったり。祖母の想いともそんなふうにつながれたのかも。

ああ、なんでいっしょに行かなかったんだろう。そうすれば同じ巻に名前を連ねられたのに。心底悔やまれた。

でもあのメモを見て、結局「ひとつばたご」に通っている。祖母と同席はできなかったけど、連句を巻くたびに祖母の姿に出会う。わたしの知らない祖母を知っている人たちといっしょに巻くことで、祖母の歩いた道筋をたどっているのかもしれない、と思った。

西馬込の駅から国道沿いの道を歩き、池上梅園に着いた。梅園の入口で鈴代さんや陽一さん、蛍さんといっしょになった。和室にはいると航人さん、桂子さん、蒼子さん、萌さんがいて、座卓をならべている。

お茶の準備をし、席につく。よもやま話をしていると、悟さんと直也さんが汗を拭きながらやってきた。今日はふだんのメンバー全員がそろっている。

まだ暑いが、季節はもう秋。ということで秋の発句ではじまった。

外の池に日差しが注ぎ、水際の木の影が映る。その日差しを見ていると、やっぱりもう秋なのだな、という気がしてくる。夏の盛りとくらべると陽の力が弱くなっている。

　発句は悟さんの句、脇は蒼子さん。

　連句では、月のない秋を素秋《すあき》といい、よくないとされる。秋の句が連なるときには、必ず一句、月の句を入れなければならない。早く出してもよいということで、月は第三に上げた。四句目はそのままもう一句秋を続け、五句目は雑《ぞう》、つまり季節のない句。

　次は別の季節にしてもよい、と言われ、わたしの作った夏の句が取られた。いつもは進みの遅い表六句がめずらしくスムーズに終わり、持ち寄りランチタイムになった。

　みな保冷バッグから料理を出す。手製のもの、買ってきたもの、人数が多いから品数も豊富で、座卓の上に料理がずらっとならんだ。

　筑前煮、揚げ茄子の黒酢和え、タンドリーチキン、キャロットラペ、焼売、ゴーヤチャンプルー、押し寿司、炊き込みごはん。和洋中エスニックなんでもありだ。

　わたしも風呂敷を広げ、重箱の蓋を開ける。

「あ、これ、治子さんの重箱」

　桂子さんが声をあげた。

「そうです」

「治子さん、持ち寄りランチがあるときはいつもこれに詰めてきてた」

「そうでしたねえ」

蒼子さんも直也さんも、なつかしい、といった表情で重箱を見る。

「この器、冬星さんも気に入ってらしたのよね」

桂子さんが言った。

「そうでした。春慶塗の句を作ったこともありましたよね。わたし、そのときはじめて春慶塗って言葉を知ったんです」

蒼子さんが答える。冬星さんがいたころから、ということは、ずいぶん前からこの器を使っていたということだ。

航人さんも桂子さんも蒼子さんも、ずっと冬星さんのことを忘れられずにいるような気がする。祖母もそうだった。いつかだれかに冬星さんのことをもっとくわしく訊きたい、と思っていた。

「漆器はいいわよね、軽いし」

桂子さんのあかるい声で我にかえった。

「タッパーみたいな気密性はないけど、汁気がなければ木の器の方がおいしい気がしますよね。わたしもふだんは曲げわっぱのお弁当箱を使ってます」

蒼子さんが言った。

「重箱は持ってないですけど、こういうときに使える大きな箱、あったらいいなあ。あんまり仰々しくなくて、ふだんも使えるような……」

蒼子さんの言葉に、くらしごとにあった二段の重箱を思い出した。

「そういえば、最近ポップの仕事をしたお店によさそうなものがありましたよ」

「あ、この前話してた、民藝っぽい生活雑貨のお店？」

鈴代さんが言った。

「そうです。ここから近いんですよ」

「そうなの？　どのへん？」

蒼子さんが訊いてくる。

「戸越です。浅草線の戸越駅の近くで、商店街の端の方です」

「戸越？　へえ、近い……」

蒼子さんは都営浅草線で戸越のとなりの駅、中延に住んでいるらしい。

「くらしごと、っていうお店です。器だけじゃなくて、調理器具、バス用品、掃除用品と幅広くそろっていて、どれも手作りなんです。器も素朴な形で日常使いできるものが多くて……。重箱もありました。寄せ竹で、拭き漆で仕上げたとか」

盛岡のお店から影響を受けたということもあり、くらしごとには浄法寺《じょうぼうじ》の漆器や南部鉄器など、岩手県産の品物も多くならんでいる。その話をすると、みんな興味を示した。

「よさそう。行ってみようかな」

蒼子さんが言った。

「どれもシンプルなんですけど、使い心地がすごくいいんです。スプーンも口あたりがいいし、お椀も持ったときに手に馴染みますし。それに丈夫で、修理を請け負ってくれるものもあるとか」

「やっぱりしっかり作られたものはいいのよね。ちょっと高いけど、毎日使うものなんだから、しっくりくるものを使いたいもの」

桂子さんがうなずく。

「そうですね。僕はデパートに売られているような高級品にはあまり興味がないんですけど、旅行に出ると、必ずその土地で作られている器や道具を買うようにしてるんです。旅の思い出にもなるし、あの土地でだれかがこれを作った、いまもあの土地でそうやって人々が暮らしている、と考えると、自分もがんばろう、っていう気になるんですよ」

陽一さんが言った。これまでの会で聞いた話では、陽一さんはよくひとり旅をしているみたいだ。こういう発言を聞くと、真面目な人なんだなあ、と思う。

「陽一さんはロマンチストですねえ」

直也さんがうなずきながら言うと、鈴代さんが、ほんとほんと、と微笑んだ。

「お店の場所、教えてくれる？　戸越だったらすぐに行けるし」

「僕も行きたいです。最近、鉄瓶が欲しいな、と思っていたので」

蒼子さんと悟さんに言われ、くらしごとにはサイトがあり、「くらしごと、戸越、生活用品」で検索すればすぐ出てきます、と答えた。

「一葉さん、お仕事どんどん広がってるみたいだよね。よかったぁ」

鈴代さんがにこにこ顔になる。

「全部、鈴代さんのおかげです。ありがとうございます」

「そんなそんなぁ。全部一葉さんのポップがいいからで、わたしはなんもしてないよぉ」

「でも、パン屋さんを紹介してもらいましたし」

「それだけでしょ？　あとは一葉さん自身が切り拓いた道だもん」

鈴代さんはそう言うけれど、ポップを書くのが仕事になるなんて、わたしひとりではとうてい思いつかなかった。

「あれ、ところで一葉さんって、なんでポップのお仕事をしてるんですか？　デザイナーさん？」

萌さんが訊いてきた。

「そっかぁ、萌さんは最初に一葉さんが書店のポップを見せてくれたとき、お休みだったんだね」

鈴代さんが答える。

「書店のポップ?」

萌さんがきょとんとこちらを見た。

「はい。実はこの前まで書店員をしていたんです。聖蹟桜ヶ丘の駅の近くのお店だったんですが、半年ほど前に閉店してしまって……」

何気なくそう口にすると、萌さんが目を丸くした。

「え、聖蹟桜ヶ丘? うち、すぐ近くなんですけど……。閉店した書店って、もしかして『ブックス大城』ですか?」

「そうです」

わたしも驚いて、萌さんをじっと見る。

あ、と思った。萌さん、あそこで働いていたころ、よく来ていたお客さんじゃないか。最初会ったときどこかで見たことがあると思ったのはそのせいだったのか。

「ああっ」

萌さんが驚いた顔になった。

「一葉さん、レジにいらっしゃいましたよね。うわ、やだ、なんでいままで思い出さなかったんだろう」

「わたしも思い出しました。萌さん、よくうちの店にいらしてましたよね」

「えぇーっ、そんな偶然、あるんだぁ」

鈴代さんが目を丸くする。

「最初会ったとき、どこかで会ったような気がしてたんですよ。けど、まさかあそこの書店員さんだとは」

「あのころはいつも制服でしたし……」

萌さんのことはよく覚えていた。

駅の近くの書店だから、それなりにお客さまは多かった。それにレジを打つときは本ばかり見ていて、お客さまの顔をじっくり見ることなんてない。当然、すべてのお客さまの顔を覚えている、なんてことはない。

でも萌さんのことは記憶に残っていた。そんなに頻繁に来るお客さまではなかったが、来店したときにはいつも大量の本を積みあげてレジに持ってきて、そのなかに必ずわたしがポップを書いた本がはいっていたからだ。

「いい書店さんだったのに、なんで潰れちゃったんですかね、ブックス大城」

「すみません……」

なぜか謝ってしまう。

「いえ、一葉さんのせいじゃ……。でも、ほんと、いいお店でした。あそこのポップがまたすごくて。ほかの本を買いに行ったのに、ポップを見てるとつい手がのびて、ほかの本まで買っちゃうんですよ。でも、後悔したことはないんです。どれも買ってよかった、って思える本で……。あ、ちょっと待って、もしかして、一葉さん、ブックス大城に勤めてた、ってことは、ポップも……？」

「はい、書いてました。萌さん、何度かわたしがポップを書いた本を買ってくださって……。やっぱり自分が紹介した作品を買っていかれる方の顔は見ちゃうんですよ」

そして、「その本、いいですよ」と言いたくなるのをおさえながらレジを打つ。

「ええ〜っ、まさか……」

萌さんがあげる書名に、それ、わたしが書きました、とひとつずつうなずく。

「うそぉ。いまのは全部、お店に行くまで全然知らなかった本なんです。ポップにつられて買ってしまって……でもとってもおもしろかった。あれ、全部一葉さんが書いてたなんて……」

萌さんが呆気にとられた顔になり、ほかの人たちも偶然に驚いていた。

3

ランチタイムが終わり、連句も裏へ。

夏の句からはじまって、しばらく恋の句が続いた。蛍さんの作った書店が舞台の初恋の句に、陽一さんの妻を亡くした初老の男のひとり旅の句のあと、恋を離れて時事句になった。政治がらみの事件のニュースを詠んだ句だ。

そのあとに、鈴代さんの「ただえんえんと窓磨く人」という句が付いた。最近会社の近くで見た実景を句にしたものらしい。なぜかはわからないが、スーツの男性がオフィスビルの一室の窓を呆れるほど時間をかけてたんねんに磨いていたのだそうだ。

「街にいると、ときどきそういう不思議な光景を見かけることがありますよね」

萌さんが言った。

「あるある」

「あります。どうしても気になって、あとでいろいろ想像しちゃったり……」

みんな自分が見た不思議な光景を口々に話す。深夜のスーパーでカートふたつぶんの大量のお弁当を買っていた人、毎日同じ時間に駅の階段を何度ものぼりおりしている人、毎年夏のあいだに開店するスイカだけ売ってる青果店……。

なんだか気になっていろいろ推測するが、正解はわからない。『日常の謎』系と呼ばれるミステリーなら名探偵が正解を出してくれるのだろうが、現実ではそんなことは起こらない。謎は謎のまま宙ぶらりんで、やがて忘れられてしまう。

「さあさあ、世間話もいいですが、そろそろ進みましょう。次は月ですよ」

航人さんに言われ、みんなはっとしたように短冊を取った。

「今回は表で秋の月が出てるから、ここは別の季節の月にしましょう。といっても、さっき夏も終わってますし、このあと花の座が控えているから春はダメ。なので、冬の月一択です」

月は秋の季語。だからただ「月」といえば秋になる。秋以外の月を詠むときは、「春の月」「夏の月」などとするか、春なら「朧月」、夏なら「月涼し」、冬なら「凍て月」「寒月」など、その季節の月の季語を使うと教わった。

表で一句取ってもらったので油断していたが、そろそろ次の句をがんばらないと。窓を磨く人……。その窓に映った月？　短冊を見つめ、うーん、とうなる。

窓磨きの前句は場の句だった。つまり、次は人が出てくる句がいいってことだ。情景だけじゃダメ。そしたら、窓拭きのそばにいる別の人を詠むとか……？　さっぱり思いつかないまま、まわりを見る。

萌さんが自分が書いた短冊を持ちあげる。目の前にかざして読み、うん、とうなずくと航人さんの前に出した。

「いいですね。ほかに書けている人がいなければ、こちらにしましょう」

萌さんの短冊を見るなり、航人さんはそう言って全員を見まわした。みんな書きあぐねているか、書いたとしても途中までだったようで、航人さんの提案にうなずく。

　ただえんえんと窓磨く人　　　鈴代
病床の我が手を照らす冬の月　　　萌

「ああ、いいですね」

「ほんと。冴え冴えとしてきれいだし、ここまで病気は出てこなかったし」

悟さんと桂子さんが言った。

「そうですね。この人は女性ですかねえ。けっこう年配の……」

航人さんが訊く。

「そうです。どうしてわかったんですか？」

萌さんが目を丸くして答えた。

「前句はオフィスの窓でしたが、ここでは家庭の窓と読み替えて、ずっと家の窓を拭いてきた主婦が年をとって病で入院している……そんな風景かな、と」

「そうなんです。実は、ほんとにあった話で。わたしの祖母のことなんです。もうだいぶ前に亡くなりましたが、最後の方、ずっと病院で……。お見舞いに行くたびに家のことを気にしてたんですよ。窓はきれいになってるのかなあ、ってよく言ってた記憶が……」

萌さんが言った。

「よっぽどきちんとした方だったんですね」

蒼子さんが言った。

「ええ、きっちりした人だったとは思うんですけど。でも、当時は不思議だったんですよ。わたし、まだ子どもだったんですが、なんで窓なんだろうな、って。窓だけじゃなくて、お風呂のタイルとか、庭や玄関のことも言ってた気がしますけど、とにかく『家』のことばっかりです。当時は祖父もいましたから、ふつうは祖父の食事のこととか心配するんじゃないかなあ、って」

「なるほど、たしかに。それも不思議な話ですねえ」

直也さんが言った。

「祖父は毎日のように祖母の見舞いに行ってましたし、仲も悪くなかった。ただ、あとで両親から聞いた話では、祖父はある程度料理ができたらしいんです。単身赴任が長かったこともあって、家事はひととおりできる人だったそうで、手のこんだ料理は無理だけど、ひとりで食べるくらいはなんとかなった。祖母の衣類の洗濯なんかも祖父がすべてひとりでこなしていたみたいで。だからかなあ、とは思ったんですけど」

「家事はできるけど、掃除だけはわりと苦手だったとか？」

悟さんが首をかしげる。

「ああ、ありますよね、家事のなかでも好き嫌いっていうか。炊事は好きだけど、掃除は面倒臭い、みたいな……？」

「まあ、炊事や洗濯は必要だからするけど、住んでるのがひとりだけだと掃除は億劫になってさぼるかもしれないですねえ」

蛍さんと陽一さんが言う。

「でも、萌さんが子どものころに感じた違和感はそういうことじゃないんじゃないの？」

桂子さんの言葉に、萌さんがはっとした顔になる。

「どういうことですか？」

「できるできないの問題じゃなくて、家事に心配がないとしても、お祖父さんはひとりでさびしくないか、とか、大変じゃないか、とか、お祖父さんじゃなくても、お子さんとかお孫さんとか、なんていうか、ふつうは心配するとしたら『人』なんじゃないか、っていうことなんじゃない？」

「あ、そうかもしれません！　自分でもどこに違和感があるのかよくわかってなかったんですけど、そういうことだったのかも。そうなんです、祖父母はふたりぐらしだけど犬も飼ってて……でも、犬のこともあんまり言ってなかったような……」

「関心がなかったんでしょうか？」

「いえ、祖父が犬の写真を持ってきたときは楽しそうに見てたと思うんです。でも、心配はしてなかった。祖母は別に情が薄い人じゃなかったんですよ。ふだんからわたしたちのことも心配して、犬もかわいがってましたし」

「心が荒むと掃除しなくなるからかもしれませんね」

　蒼子さんが言った。

「炊事は生きるため、洗濯は社会生活を送るために不可欠だけど、部屋を掃除するっていうのはいっしょに暮らす人のため、みたいなところがあるでしょう？　ひとり暮らしでも部屋を掃除するっていうのは自分自身を大事にするということだ、って言われたことがあります」

「それ、わかります！　自分のことがどうでもよくなると、掃除しなくなる。じゃあ、お祖母さんはお祖父さんがそうなってないか、心配していたのかもですね」

蛍さんがうなずいた。

「ほんとうに家のことが気になっていたのかもしれないですよ」

しばらく間があいたあと、航人さんが少し迷うような顔でそう言った。

「え？」

萌さんもほかのみんなもはっとして航人さんを見る。

「死ぬときって、人は苦しいものだと思います」

「そうね」

桂子さんがうなずく。

「残される側からしたら、大事な人がいなくなる、ってことだけど、本人は世界から自分がいなくなる、ってことだから……」

桂子さんの言葉に、みな黙った。

「わたしの父も死ぬ前にふさぎこんでしまった時期があったの。お客さんがいるときはあかるくふるまっているんだけどね。ひとりになるとふさぎこむ。泣くとか、怒るとかじゃなくてね、顔から表情が消えて、ただひとりでじっとうずくまってしまう」

外の風でガラス戸がカタカタ揺れた。

「わたしもね、父がもうすぐ亡くなるってわかったとき、心のなかに想いがいろいろあふれてきて、育ててもらったお礼とか、喧嘩もしたけどほんとうは父の言っていることに救われていた、とか、これまで言えなかった父に対する愛情をきちんと告げて、受け取ってほしい、と思った。でも、結局できなかった」

「なぜですか？　伝えたらお父さんだって……」

蛍さんが訊く。

「喜ばなかったと思う。だってそれは、さよならを告げる、ってことでしょう？　あなたはもう死ぬんです、って言ってるようなもの。ふだんだったら喜んだかもしれない。だけど、それを受け取れないほどに、父は小さく、弱くなっていた。だから、そんな話は結局しなかった。ふだん通り、その日あったことを話すだけ。向こうだって、わたしに別れを告げるようなことは言わなかった。ひとことも」

桂子さんはしずかに言った。

「家のことを言っていたのは、そこから自分が消えていくということを感じていたからじゃないでしょうか。家のことを心配していたんじゃなくてね。消えていく自分のことを考えていた」

航人さんが息をつく。

「ふだんどんなに他人思いでやさしい人でも、最後は自分のことで精一杯になることもあると思いますよ。自分がいなくなるという事実に震え、その暗さに飲みこまれそうになることも。ずっと暮らした家の窓から差しこむ光の記憶にすがりたいと思うことも」

航人さんの言葉に、亡くなる前の祖母の横顔を思い出した。わたしと話すときはあかるく、いつもと変わらなかった。だけど、もしかしたら、祖母もそうやって自分が生きてきた場所から引き剝がされていく恐怖を感じていたのかもしれない。

「人は弱いものです。でもその弱さも人の一部です。萌さんの句にはそれがきちんと出ている。萌さんは幼心にそのことに気づいていたんだと思います」

航人さんが萌さんを見る。萌さんは少しうつむいてから顔をあげた。

「そうかもしれないです。だからその言葉を聞くたびにとても悲しくなった」

ガラス戸の外の池がきらきら光っている。

「我々にもいつかそういうときがくる。自分がどうなるかわからないですけどね。死も生の一部ですから、受け入れるしかない」

航人さんが言う。萌さんのお祖母さんの言葉の謎。それが正解かわからない。正解なんてないのかもしれない。みんなじっと黙っていた。

「じゃあ、次に進みましょうか」

航人さんが微笑んで、みんなを見た。

「そうね。そうやって続けていくしかないのよね、人間は。今度は生を感じる、あたたかい句がいいわねぇ」

桂子さんがふっくら笑う。ああ、いいなあ、と思う。桂子さんのこのふっくらした笑顔が好きだ。祖母とはちがう、大きな海みたいな微笑み。

生を感じるあたたかい句……。冬の月とは反対に。

そうだ、生きるとはそういうことだ。なんだかわからないまま、すごく大きなものを受け取った気がした。短冊を手にしたが、胸がいっぱいでなにも書けない。まわりを見ると、ほかのみんなも書きあぐねているなか、蛍さんだけが一心に文字を書きつけている。できた、とつぶやき、航人さんに句を差し出した。

「うん、いいですね。これにしましょう」

航人さんが座卓の真ん中に蛍さんの短冊を置く。

鍋を囲んで語り明かした

「これはあったかいですねぇ」

鈴代さんがにっこり微笑む。

「いいですか？　これで付いてますか？」

蛍さんが心配そうに訊いた。

「付いてますよ。手を見る人の心のうちかもしれないし、同じ時間の別の場所でのできごととも取れるし、読み方はいろいろだけど、通じているものがあります」

航人さんが言った。

「いいですね、連句っていうのはこうやって、重い句があっても、すぐにそこから離れる。ひとつを突き詰めない。似たようなところにとどまらない。だからこそひとつひとつが際立つ」

「多くの人が集まって作るからこそですね」

陽一さんがうなずいた。

「句を通じて不意に心が通じることもある。でも、基本的に人っていうのはわからないものですよね。となりの人の心のうちは見えない。おもしろいですね」

直也さんも言った。

「僕はね、連句はみんなで巻くからいい、と思っているんですよ」

航人さんが言った。

「みんなで巻くから、いやでもほかの人の句を読むでしょう？　ほかの人がなにを思っているか、考えるでしょう？　人って放っておくと自分のことばかり考えてしまうから。あ、恋愛中は別かもしれないけどね」

航人さんが笑った。

「僕は、人はもっとほかの人のことを考えた方がいいと思うんです。考えてもわからないけど、わからないところがいいんです。だからね、僕は自分じゃできないけど、短歌や俳句も句会や歌会があるからいいなあ、と思っているんです。自分に向き合うんじゃなくて、わからない人といっしょにいることについて考えるのが生きることだと思うから」

航人さんの言葉にみんななにも言わない。

「ほらほら皆さん、ぼうっとしてないで次の句を考えて」

そう言われて、はっとペンを握った。

4

そのあとは陽一さんの「シベリアのタイガを走る犬の群れ」が付いた。

陽一さんによると、タイガというのは、シベリアの針葉樹林のことなのだそうだ。陽一さんはむかしシベリア鉄道に乗ったことがあり、そのときこの針葉樹林を見たらしい。

鍋は日本のものとはかぎらない、シチューの鍋もあるしね、と航人さんは笑った。

鍋を囲むあたたかい部屋の外に針葉樹林が広がっている。その対比がとてもいい、と言った。

「うちは祖父がシベリア抑留者だったんです。祖父は僕が幼いころに亡くなっているので、そのころの話を聞いたわけではないんですが、やはりどこかで自分でつながっている気がしていたんですよね。それで一度は見ておきたい、と思って」

「そうでしたか」

陽一さんの話に航人さんが深くうなずく。

「まあ、列車自体は豪華列車とかでもなんでもないですし、絶景が続くわけでもないんですけどね。冬だったので銀色のタイガを見ることができて、その風景はいまでも心に残っているんですよ」

「犬の群れも見たんですか？」

蛍さんが訊いた。

「犬は……空想です」

陽一さんが笑った。

「武田《たけだ》百合子《ゆりこ》さんの『犬が星見た』をちょっと思い出しました」

蒼子さんが言った。

「あ、それは気づきませんでした、そういえばそうですね。僕の句の方は野生の大きな犬のイメージでしたけど」

陽一さんの声は小さいけれどよく響く。

「それにしても、シベリア鉄道に乗ったんですか。いいですねえ」

直也さんがしみじみ言う。

「一生に一度は乗ってみたいですが……言葉がなかなか……。でも、ツアーで行くのも違うかかなあ、と思っているうちにこの年になってしまって……。もう体力的に無理かな。一生乗れないかもしれない。これは息子にまかせるか」

少し笑って目を細めた。

「うーん、でも、せっかくだからここに付けたいですねえ」

直也さんはそう言ってペンを握り、短冊をじっと見つめた。

「これでどうでしょうか?」

ややあって、航人さんの前に短冊を置いた。

「うん。いいじゃないですか。これにしましょう」

航人さんが笑顔でうなずく。短冊には、「老夫たたずむ廃線の駅」とあった。

直也さんの息子さんの鉄道好きはこの夏休みにさらに進化したのだそうだ。奥さんと小さい娘さんもいるからさすがにいまは無理だが、前に話していた北海道の廃線めぐりもいつか実現すると言っているらしい。

「まあ、そのときにわたしを連れて行ってくれるか、わからないですけどね。高校生になれば、ひとりで行きたい、なんて言い出すかもしれない」

「そうですよねぇ。学校で鉄道研究会にはいって、お友だちと行く、っていう可能性もありますし」

鈴代さんが言った。

「そうなんですよね。だから、ここの駅にたたずむ老夫は自分……。ついてはいかないけど、見守ってるぞ、っていう意味をこめて」

直也さんが笑った。

鍋を囲んで語り明かした　　蛍
シベリアのタイガを走る犬の群れ　　陽一
老夫たたずむ廃線の駅　　直也

外からツクツクボウシの声が聞こえてくる。

会社の近くの風景からはじまって、死の近くまで行き、遠い荒野を思った。あとで句だけを見た人にはわからないかもしれない。でも、みんなで長い旅をしたような気がする。

「次はいよいよ花ですね。廃線の駅の句はいいですね、どんな花でも付きそうだ」

航人さんのその言葉を聞いたとたん、原野の廃線の駅に桜の花びらが降りはじめた気がした。陽の光に照らされた駅に、花びらがあとからあとから降ってくる。

——花を見ると、むかしの花を思い出す。

ふいに祖母の言葉を思い出した。

——いまの花だけじゃなくて、花の向こうに、去年の花、一昨年の花、ずっとむかしの花まで重なって見えてくるの。毎年同じように咲くでしょう。前の花を思い出して、そのときの気持ちもよみがえってくる。あんなこともあったなあ、って。

ずっと忘れていたけれど、「花を見ると、むかしの花を思い出す」という言葉のあと、祖母はたしかそう言っていた。

——むかし、連句の席で「奥へ奥へ花が光になってゆく」っていう句が出たことがあってねえ。そのときは実景だと思っていたのよね。花が重なり合って、近くの花の奥に遠くの花があって、それがだんだん光みたいになっていく。そういうことだと……。

ずっと思い出さなかったことなのに、そのときの言葉がさらさらと頭のなかを流れてゆく。

——でも、いまはわかる。あれは見えない花を見てたんだって。いまの花の向こうにむかしの花が見える。だから年を取るごとにどんどんうつくしく見えるようになる。あの句を作った人も、もう亡くなってしまった。光の方に行ってしまった。

祖母はそう言っていた。

見えない花……。ほんとはそこにないはずの花。むかしの花。それが見える。

なんだかいまはじめてその言葉の意味がわかった気がした。

この春、ひとりで上野に桜を見に行って、そのあまりのうつくしさにただ立ち尽くしていた。桜がこんなにきれいに見えたことがあっただろうか、と思った。空を覆うピンクの花びらを見ながら、祖母のことを思い出していた。

花の向こうに、去年の花、一昨年の花、ずっとむかしの花まで重なって見えてくる。子どものころはわからなかったけれど、いまは少しわかる。年を取ると、自分のうちに降り積もったものが、風景に重なるようになるのだろうか。

桜を見るときに祖母がどれだけのうつくしさを感じていたのかと想像すると、その重さに押しつぶされそうになる。きっといまのわたしには耐えられない。年月を重ね、自分のなかに積み重なったものがあるからこそ味わえるものなんだろう。

見えない花……。

短冊を手に取り、ペンを走らせる。

見える花見えない花を浴びてをり

言葉が一気に流れ出て、ひと息に書く。座卓の中央には短冊がもう何枚もならんでいた。航人さんはその一枚一枚を真剣な表情で読み、順番をならべ変えている。そのいちばん端に自分の短冊をそっと置いた。

航人さんがすぐに目を走らせる。

「これはいいですね……」

航人さんがぼそっと言った。

「桂子さんの夜桜の句もいいなあ、と思ったけど、いま出た一葉さんの句をいただこうと思います」

「『見える花見えない花を浴びてをり』。いい句ねぇ」

桂子さんが目を細める。

「なんだか、果林さんの句を思い出すわぁ」

「『奥へ奥へ花が光になってゆく』でしょう?」

航人さんが訊く。

え、と思った。この句は果林さんという人のものだったのか。祖母を連句の席に誘った人。六十代で亡くなったとこの前聞いた。そういえば祖母も言ってた。あの句を作った人も、もう亡くなってしまった、って。

「よくわかりましたね」

桂子さんが目を丸くした。

「僕もすぐにこの句を思い出したんですよ」

航人さんが言った。

「あの、実は……わたしもその句、知ってます。祖母から聞いて……。祖母の話を思い出して、この句を作ったんです。果林さんという方の句だったんですね。それは知りませんでした」

「そうだったの。不思議ねえ。治子さんと果林さんがここに来ていたのかもしれないわね」

桂子さんが微笑む。

ひとつばたごに通い出して半年になるが、花の句を取ってもらったのははじめてだった。そのことに気づき、なんだかじんわりとうれしくなった。

でもこれは、わたしだけの句じゃない。祖母と、会ったことのない果林さんという人、そしてわたし。三人で作った句だ。

「治子さんも果林さんももういないんですね」

蒼子さんがつぶやくように言った。

めずらしく航人さんが短冊を手に取り、さらさらっとペンを走らせる。

「今回は僕に付けさせてください」

そう言って、短冊を出す。そこには「遠い岸辺に揺れる糸遊《いとゆう》」と書かれていた。

糸遊とは陽炎のこと。春の季語である。

だけどそれが、祖母でもあり、果林さんでもあるように思った。そして、遠い岸辺とは彼岸のこと。

「いいんじゃありません？　素敵な句です」

桂子さんがほほっと笑った。

ただえんえんと窓磨く人　　鈴代
病床の我が手を照らす冬の月　　萌
鍋を囲んで語り明かした　　蛍
シベリアのタイガを走る犬の群れ　　陽一
老夫たたずむ廃線の駅　　直也
見える花見えない花を浴びてをり　　一葉
遠い岸辺に揺れる糸遊　　航人

5

裏が終わり、名残の表にはいったところでおやつタイム。和ゼリーを出した。

「うわあ、かわいいですねえ」

色とりどりのキューブを見て、蛍さんが言った。蛍さんはこれまでいつも八月は休んでいたから、和ゼリーははじめてらしい。

「この色を見てると、なんだかときめくんですよねぇ」

鈴代さんも言った。小さいお菓子だけど、頬張るとひとつずつ違う香りがして、しあわせな気持ちになる。

「そういえば、蛍さんの小説はどうなったんですか」

陽一さんが訊いた。

「いま絶賛執筆中です。でもこんなに長いものを書くのははじめてだからすごく苦戦してます。終わらないいんじゃないか、って思ったり」

「どんな話なの?」

鈴代さんが訊く。

「それは……書きあがるまでナイショです」

蛍さんが恥ずかしそうに、でもきっぱりとそう言った。

「鈴代さんの豪華列車の旅はどうだったんですか？」

萌さんが鈴代さんを見る。

「ふふふ、最っ高だったよ〜」

鈴代さんが顔をほころばせた。

「ほんと、一生分の贅沢した、って感じ。母もずっとうれしそうで……」

「それは親孝行でしたね」

悟さんが言う。

「写真、いっぱい撮ったから、あとで見せますね」

鈴代さんはにこにこ顔で言った。


名残の表は、裏から続いて春の句から。ふたたび恋などがあり、二度目の月。名残の裏にはいったところで閉園時間になった。まだ続きもあるし、前に行った古民家カフェに移動することにした。

不定期に休みがはいることもあるし、わりと人気の店らしいので、蒼子さんが電話で状況をたしかめた。二階の座敷ならこの人数でもはいれると言われ、和室を片づけ、梅園を出る。

悟さん、直也さんはどんどん進んでいき、航人さん、蒼子さん、陽一さんがそのうしろを歩いていく。わたしは桂子さん、鈴代さん、萌さん、蛍さんと歩き出したものの、途中でハンカチを忘れたことに気づいて、いったん梅園に戻った。

入口横の受付で忘れものをしたことを告げ、係の人といっしょに和室に戻り、鍵を開けてもらう。ハンカチはすぐに見つかって、お礼を言って梅園を出た。

門の前で桂子さんがひとりで待っていてくれた。

「すみません」

「いいのよ。ほかの三人が先に行って、わたしたちが遅れることは伝えてくれてるから、あせらず行きましょ」

桂子さんがのんびり言った。

本門寺の崖下に沿った細い道を桂子さんとゆっくり歩く。空はまだあかるいが、ひぐらしの声が響いていた。

「あの、果林さんって、どんな人だったんですか。前に、祖母は果林さんに誘われて堅香子にはいった、っておっしゃってましたよね。俳人だったとか」

「そう。なかなかすごい人だったわよ。才能もあるし、でも我も強いから、いろいろ苦労もあったみたい」

「苦労？」

「離婚もしてるのよね、たしか。お子さんが大学生になったころかな。俳句の世界でも、実力はあったけど結社のなかではあまりうまくいってなかったみたい」

「そうなんですか」

「治子さんは、ほんわかとやわらかい人でしょう？　果林さんとは真逆で、だからどうして仲がいいのか最初はよくわからなかったけど、真逆だからうまくいってたのかもね」

桂子さんがくすくす笑う。

「学校のPTA活動でもまわりから浮いちゃって、もめたりもしたみたい。連句の席で『もうほんとになに考えてるかさっぱりわかんない』って激怒してたときもあったものね。自立心が強くて感性が鋭いから、同調圧力に耐えられなかったんじゃないかな」

激しい性格の人だったんだな。それはたしかに祖母とは真逆だ。

「でもね、句は素晴らしかった。それこそほかの人には見えないものが見える人だったのよ。世界の真理っていうのかな。あの句もそう。直感で真理をつかんでしまうの。そのくせ人の気持ちはよくわからない。ううん、わかってたけど、どうにもならなかったのかも」

「どういうことですか？」

「果林さんは鳥みたいな人だったのよ。空の上から世界が見える。だから地べたで細かいことをああだこうだ言ってる人が大嫌い。そういう人とつきあうのは時間の無駄だと思ってた。それで夫婦仲も悪くなっちゃったみたいだしね」

「そうなんですか。お子さんは？」

「男の子だったのよね。大学を出るとすぐ家も出た。果林さんのお葬式で会ったけど、しっかりした感じでね。果林さんとよく似て、鳥の目をしてる、って思った。でも、結婚してちゃんとうまくやってるみたいだったわ。果林さんより器用だったんじゃない？」

桂子さんは少し笑った。

「果林さんは堅香子ではのびのびしてたのよねえ。俳句の結社なんて決まりごとばっかりでつまらない、ここの方がずっと自由でいい、って。冬星さんは句にこめられた想いをすくいあげることに長けていたから、果林さんも冬星さんをすごく信頼してた。わたしたちはみんなそう。冬星さんのその力に惹きつけられてたし、堅香子の連衆同士も、冬星さんを媒介に信頼し合っていたと思う」

祖母が「冬星さんは千里眼のような人だった」と言っていたのを思い出す。そうして、この前冬星さんの話をしていたときに航人さんが見せた表情のことも。

「航人さんも、ですか」

「そうね。航人さんはとくに……かな」

桂子さんはそこで言葉を止めた。

「航人さんはね、年はわたしたちより若いけど、わたしたちより前から堅香子にいたの。わたしがはいったときにはまだ大学生だった。線が細くて、ものしずかな子で……。それに、めずらしいでしょう、大学生の男の子が連句なんて……」

桂子さんが空を見あげる。

「でも蛍さんも……」

「そうねえ、女の子だったらそうでもないかもだけど。俳句の世界もね、大学の俳句サークルは男子の世界っぽいところもあるし。けど、航人さんはそういうのともちょっとちがう。年配のメンバーばかりの連句の世界にたったひとり、冬星さんに連れられてこられた」

「冬星さんとはどこで知り合ったんでしたっけ」

「大学の授業。冬星さんは航人さんが通ってる大学で現代連句を教えてたの。と言っても、連句ってマイナーでしょう？　ほかの受講生はほとんどいなかったみたい。航人さんの高校のときの先生が俳句にくわしかったらしくて、俳諧のことをちょっと聞いてた。それで興味を持って冬星さんの授業をとったらしいの」

大学の授業で……。

「出席も甘かったからほかの受講生はさぼりがちで、一対一の授業だったことも多かったみたいよ。それで冬星さんと仲良くなって、連句大会に引っ張り出された。それからなんとなく堅香子の常連になったんですって」

桂子さんによると、果林さんはもうそのときには堅香子のメンバーだった。航人さんがメンバーに加わったあとすぐに果林さんに誘われて祖母が堅香子にやってきた。桂子さんがはいったのはそれから半年ぐらいあとのこと。

「わたしはまだ俳句結社にはいったばかりでね。果林さんとは別の結社よ。堅香子に所属してる先輩がいて、その人に連れられてきたの。その人も二年前に亡くなったけど。わたしは俳句歴もまだ浅かったし、連句は俳句とはまた勝手がちがって、最初は苦労したのよね。果林さんにもずいぶんいろいろ教えてもらった。その果林さんが、航人さんのことを冬星さん秘蔵の天才児って言ってたの。たしかにね、まだ若いのに五七五、七七をうらやましいくらいうまくあやつっていた」

桂子さんがふふふっと笑った。

「果林さんは、それだけできるんだったら俳句の世界に来たら、って誘ったみたいだけど、航人さんは連句の方がいい、って。俳句は高校時代の先生に習ったけど、極められるとは思えない、自分は不器用だから両立はできない、って。でも、あれはきっと冬星さんのところにいたいんだね、って、果林さんはよく言ってた」

さっきの桂子さんの「航人さんはとくに」という言葉の意味が少しわかった気がした。

「冬星さんの連句仲間の希望もあって、学生たちに連句を広めるための会が開かれることになって、航人さんはその会の運営委員になった。学生連句会が立ちあがって、航人さんが代表になって、大学を卒業して社会人になってからもその活動を続けていたの。それで、その会で出会った女性と結婚したのよね」

結婚？　その人はいまどうしているんだろう？　ひとつばたごに来ていないということは、連句をやめてしまったということ？　それとも別の連句会にいるのだろうか。

「でもねえ、何年も経たないうちに別れちゃったのよ」

「別れた？」

「うん。まあ、相手の女の子がけっこう不安定な人でね。航人さんがもっと図太い人だったらなんとかなったのかもしれないけど、航人さんは航人さんで繊細だから、彼女の言動にふりまわされてしまったのよねえ。それで学生たちの会は解散。航人さんは堅香子にも出てこなくなった」

「責任を感じて、ということでしょうか？」

共通の知り合いのいる場に出にくかったのだろうか。

「それもあるけど、ショックでふさぎこんでしまった、という方が近いんじゃないかな。堅香子のメンバーは心配してたのね。とくに冬星さんは。口には出さないけど、航人さんが折れてしまうことを案じてるように見えた」

「連絡は取らなかったんですか？」

「取ったわよ。わたしも、そのころ堅香子にいたほかの人もね。冬星さんも一度手紙を書いた。けど、返事はなかった。数年経って、冬星さんが亡くなった。病状が思わしくないことがわかっていたから、わたしも何度か航人さんに手紙を送ったけど、宛先不明で戻ってきてしまって、お葬式のときも連絡が取れなくてそのまま……」

「そうだったんですね。でも、じゃあ、どうしていま……？」

航人さんはひとつばたごで連句をしているのだろう？

「航人さんが連句の世界に戻ってきたのは、偶然のできごとがきっかけだったのよね。航人さんが印刷会社に就職したのはみんな知ってたんだけど、途中で印刷文化博物館勤務になったことはまったく知らなかった。あるとき蒼子さんがたまたま博物館の企画展を見に行って、航人さんと再会したの」

「偶然だったんですか」

「そう。だからおたがいびっくりだったみたい」

お寺の下にある小さな公園が見えてくる。あの角を曲がればもうすぐ古民家カフェだ。

「それがね、ちょうど冬星さんが亡くなってもうすぐ一年、っていうところだったの。蒼子さんもこれまでのことがあるからちょっと迷ったみたいなんだけど、やっぱり伝えないわけにはいかないと思って、冬星さんが亡くなったことを話したのよね。航人さんはすごく驚いていたみたい」

桂子さんは大きく息をついた。

「航人さん、ずっと不義理をしていた、いつかお詫びしなければと思っていた、って泣いたらしいわ。それで蒼子さん、近々冬星さんの一周忌の連句会があるから、と誘ったの。冬星さんもいないし、一周忌を最後に会は解散する、最後に歌仙を巻くから、って」

「それで?」

「航人さん、最初は不義理をした自分は行けない、って渋っていたんだけど、蒼子さんが、また不義理を重ねる気なんですか、って問い詰めたみたい。そのときは、考えておきます、って言ってそれきりだったけど、当日、会場に航人さんがやってきた」

桂子さんは本門寺の山を見あげ、ほっとしたように笑った。

「みんなびっくりしたわよねえ。治子さんなんか、涙を流してた。いつもだったら苦言を呈するような年配の男性メンバーも、さすがになにも言わなかったわよ。よく来たね、って言って、航人さんはみんなに頭をさげて謝って、冬星さんのお葬式に行けなかったことも悔やんでいる、と」

そんなことがあったのか。あのひょうひょうとした航人さんにそんな過去が。

「それでねえ、果林さんが、せっかく来たんだから、あなたが捌きなさい、あなたは一番弟子でしょう、って言ったの。生きてるころの冬星さんは航人さんが捌きをするとき、とてもうれしそうだったから、って」

桂子さんの口調で、会ったことのない果林さんの姿が目に浮かんでくるような気がした。

「航人さんは、ずいぶん巻いてないから自信がない、って断ったけど、おじいさん連中に、けじめだ、冬星さんのために捌け、って言われて、しぶしぶ引き受けて。最初のうちは式目もあやしくて、細かいところはみんながフォローしたりしてたけど、自転車と同じよね。大切なところは忘れてない」

「巻いてみて、どうだったんですか？」

「とてもすばらしい一巻だった。冬星さんが亡くなってから、わたしたちだけでも連句は巻いてきたけどね、いつも物足りない思いがあって。堅香子を解散しよう、ということになったのも、やっぱり冬星さんがいないと楽しくない、っていうのが大きかったのよ。これは堅香子じゃない、って。だからみんな散り散りになって、俳人の人たちはそれぞれ自分の結社に戻って俳句に専念しようとか、別の連句会に行こう、とか。だけど、そのときは冬星さんが戻ってきたみたいに楽しかった。みんな深く深く、自分のなかの冬星さんと対話してた」

「それは航人さんが捌いたからですか？」

「そうね、きっと。冬星さんと航人さんの捌きが似てるってわけじゃないのよ。だけどどこかで通っている。航人さんが戻ってくればまた堅香子ができるかも、って、わたしも思ったし、みんなも同じことを考えてたんじゃないかな。でも、口には出さなかった。終わったあと打ちあげして、堅香子は解散」

　桂子さんが晴れ晴れと笑う。

「じゃあ、ひとつばたごは……？」

「それがね、半年後、航人さんから連絡が来たの。あたらしい連句会をはじめようと思うんですが、って。わたしも何度かもとの堅香子のメンバーからほかの連句会に誘われて行ってみたけど、あんまりおもしろくなくて、もう連句はやめようと思ってたところだったけど、航人さんがやるならいいかも、って」

「そうだったんですね」

「果林さん、治子さん、蒼子さん、それに堅香子のメンバーだった年上のメンバー。少し経って、歌人の久子さんの伝手で直也さんや悟さんや蛍さんが来て、蒼子さんが陽一さんや鈴代さん、萌さんを連れてきて……。いまのひとつばたごになった」

「そうだったんですね。でも、航人さんはどうしてまた連句会を起こす気になったんでしょう？」

「それだけは、なぜなのか実はよくわからないの。航人さんに訊いても、自分でもよくわからない、って笑うだけで。でもいいかな、と思って。だってまた連句が巻けるようになったんだもの。それでじゅうぶんでしょう？」

　さっき直也さんが言っていた「となりの人の心のうちは見えない」という言葉を思い出した。全部は見えない。でも、どこかでつながっている。

「桂子さん、わたし、ひとつばたごに入れていただいて、とても感謝しているんです」

　前から感じていたことを思い切って口にした。

「あら、そうなの？」

　桂子さんが目を細める。

「いろいろな年齢の、いろいろな経歴の方がいらっしゃって……。そういう方ときちんと向き合って深く話す、なんてこと、ふだんはありませんから」

いや、年齢や職業にも関係なく、ふだんの生活のなかでほかの人と深い話をすることがそもそもない気がする。

「そう？　こんなおばあちゃんでも、話していて楽しいかしら？」

桂子さんはふぉっふぉっふぉっと声をあげて笑った。

「桂子さんは全然おばあちゃんじゃないですよ」

わたしも笑った。

「ありがと」

「わたし、祖母と話すのも好きでした。年齢を重ねた人が心のうちを語ってくださるのは……得難いことです。句も、わたしには作れないものばかり。ほかの皆さんも同じです。ありがたいと思ってます」

「でも、わたしにも一葉さんの句は作れないわよ。蛍さんの句だって。みんなちがうのよ。わたしにとっても、若いお友だちができるのはありがたいこと」

桂子さんが歌うように言う。

「連句の場は、がっちり向き合うんじゃないところもいいのよね。ずっとしっかり向き合ってたら疲れちゃうし、おたがいにおたがいのことしか見えなくなって閉じてしまうでしょう？　ちょっとななめにちらちら見るくらいがちょうどいいんじゃない？」

ちょっとななめに……。そうかもしれない。連句は、付いて、離れて、のくりかえし。ひとところにとどまらない。

——いつかいっしょに行かない？

祖母の声を思い出し、祖母と連句を巻いておけばよかったなあ、とまた思った。

6

藍色ののれんをくぐり、古民家カフェにはいった。

前に来たときはよくわかっていなかったが、桂子さんによればここはもともと蕎麦屋だったらしい。ご主人が高齢のため引退し、この建物を維持し、活かしたいと願う人々の手でカフェとして営業している。

入口の上には蕎麦屋だったころの価格表がふたつかかっている。大きい方は昭和初期に使われていたものだそうで、価格の単位が銭である。よく見ると上に貼られた価格表が破れて、下からさらに古い表が顔を出している。小さい方はその後の時代のもので、価格の単位は円。一階は椅子席で、カフェ風の家具が置かれている。

下のレジで飲み物を注文する。暑かったので、冷たい炭酸の飲み物にした。段の奥行きが狭いむかしながらの階段をのぼる。二階には広い座敷が広がっていて、道路側の窓の近くにひとつばたごのグループが座っていた。

みんなもうすでに短冊に向き合っている。

「すみません、遅くなりました」

お辞儀しながら端に座る。

「ここに来てから、もう、一句付いたよぉ」

鈴代さんがノートを見せてくれた。名残の裏の一句目の秋の句が付いていた。

飲み物が運ばれてくる。顔をあげると、窓の外を見つめる航人さんの横顔が目にはいった。

航人さんがなぜひとつばたごをはじめる気になったのかはわからない。桂子さんはそう言っていたが、おかげでいまもこの場がある。

空が少しずつ赤くなり、そういえば子どものころ夏休みの終わりにこんな空を見た、と思い出す。夏休みの終わりの空の色。

「さあさあ、一葉さん、句を考えてください」

航人さんの声がした。


連句が終わり、そのまま食事になった。

蒼子さんたちと、いつかみんなでくらしごとを見に行こうと約束し、萌さんとは以前勤めていた書店の話で盛りあがった。

カフェの電気は少し暗くて、室内のあちこちに濃い影がある。その影も木の窓枠や棚と同じようにどこかなつかしいものに思えた。

いつのまにか、ここにいるのがあたりまえになっている。日常では考えられないほど、人の心の深い部分と触れ合っている。ひとつばたごの人たちがふだんどんなふうに暮らしているかほとんど知らないのに、だれよりもよく知っている人のように思う。

日々いろんなことが起こっては流れていく。でも月に一度連句を巻くことで、そのときどきの自分の気持ちが記憶にしっかりと定着していく気がした。

言葉も花のようなものなのかもしれない。いまここにある言葉の向こうに、見えない花のようにここにはない言葉がある。年を経るごとにそれが重なりあってゆく。

——連句には教養も必要で、規則もいろいろある。でも航人さんは、教養によるつながりだけじゃなくて、句にこめられた気持ちを読み取ってくれるの。句と句が深いところでつながっているのを喜んでくれる。

祖母の言葉を思い出し、そうだね、とうなずいた。

——僕は、人はもっとほかの人のことを考えた方がいいと思うんです。

——自分に向き合うんじゃなくて、わからない人といっしょにいることについて考えるのが生きることだと思うから。

航人さんの言葉を思い出す。

そうかもしれない。わたしは祖母を失い、職を失い、この場に来たことでようやく生きることをはじめたのかもしれない、と思った。

生きるとは、わからない人といっしょにいること。いまいる人も、もういない人も。この場にいる人たち。もういなくなった、祖母、果林さん、冬星さん。

むかしのことが気になった。若いころの航人さんと冬星さんのこと。航人さんがどうしてひとつばたごをはじめる気になったのか。

ここにいれば、いつかわかる日がくるのだろうか。

みんなの笑い声を聞きながら、揺れる電球の影をながめていた。

本作品は、当文庫のための書き下ろしです。
なお、本作品はフィクションであり、登場する人物・団体は
実在の個人および団体等とは一切関係ありません。

ほしおさなえ

1964年東京都生まれ。作家・詩人。1995年『影をめくるとき』が第38回群像新人文学賞優秀作受賞。2016年『活版印刷三日月堂　星たちの栞』が第5回静岡書店大賞を受賞。主な作品に、ベストセラーとなった「活版印刷三日月堂」シリーズのほか「菓子屋横丁月光荘」「紙屋ふじさき記念館」シリーズ、『三ノ池植物園標本室』（上下巻）、『金継ぎの家　あたたかなしずくたち』など多数がある。

だいわ文庫

言葉《ことば》の園《その》のお菓子《かし》番《ばん》　見《み》えない花《はな》

著者　ほしおさなえ

二〇二一年三月一五日第一刷発行

発行者　佐藤靖

発行所　大和《だいわ》書房
東京都文京区関口一―三三―四　〒一一二―〇〇一四
電話　〇三―三二〇三―四五一一

フォーマットデザイン　鈴木成一デザイン室

本文デザイン　田中久子

本文イラスト　青井秋

本文印刷　信毎書籍印刷

カバー印刷　山一印刷

製本　小泉製本

ISBN978-4-479-30857-7

http://www.daiwashobo.co.jp